1 la sidonnie tragicomedie heroïque par Mr mairet 1643

2 lillustre corsaire tragicomedie de mairet 1640

3 roland le furieux tragicomedie de mairet 1640

4 la parthenie de baro / 1642

5 la clariande de baro 1643

4

322 - 326

LA
SIDONIE,
TRAGI·COMEDIE
HEROÏQVE
DE MAIRET:

DEDIEE

A MADAME DE HAVTEFORT.

A PARIS,

Chez {
ANTOINE DE SOMMAVILLE, à l'Ecu de France,
dans la Salle des Merciers.
ET
AVGVSTIN COVRBE', Lib. & Impr. de Monf. le Duc
d'Orleans, à la Palme, en la mefme Salle.
} au Palais

AVEC PRIVILEGE DV ROY.

A TRES-BELLE,

Tres-Vertueuſe, & tres-Illuſtre Perſonne,

MADEMOISELLE

MARIE DE HAVTEFORT,

DAME D·ATOVR

DE LA REYNE REGENTE·

 ADAME·

    Bien que les bonnes graces de la Reyne du monde la plus glorieuſe & la plus grande, commencent de donner à voſtre merite vne partie de la fortune dont il eſt digne;

EPISTRE.

Et que l'establissement de la mienne soit
encore assez chancelant pour auoir besoin
d'vn Appuy ferme & genereux comme le
voftre: Neantmoins ce n'eft nullement icy
ma penfée de rechercher voftre faueur par
les iuftes loüanges que ie vous prepare, puis
que pour en reffentir infalliblement les effets, il fuffit d'eftre honnefte malheureux,
& connu de vous. Non MADAME, il
eft tres-vray qu'vn motif plus noble que ce-
luy-là me fait agir en cette rencontre, & que
le feul intereft de la gloire de voftre Nom
me le fait choifir preferablement à tout
autre, pour luy confacrer ce Poëme, le
dernier des miens & le plus acheué, foit
pour la forme, foit pour la matiere, s'il faut
s'en rapporter au iugement des plus habi-
les Maiftres de l'Art. Ce que ie fay maintenant à Paris, n'eft feulement que la fuite
& l'execution du deffein que ie fis au Mans
de vous adreffer cet Ouurage, ce foir que
l'obligeante curiofité d'en oüir la lecture de
la propre bouche de l'Autheur, vous y fit
auoir tant de bonté que de retrancher les

EPISTRE.

meilleures heures de voſtre ſommeil, pour les donner à ce mauuais diuertiſſement. Ce fut en ce lieu-là, qui ſera ſans doute long-temps celebre , & peut-eſtre long-temps heureux par le ſejour, & par les bonnes œuures que vous y auez faites , qu'il me fut permis de remarquer plus particulierement auec autant de plaiſir que d'admiration, & la beauté de voſtre eſprit, & la grandeur de voſtre courage. Apres le teſmoignage de mes yeux & celuy de la voix publique , ie n'ignorois pas auparauant que vous eſtiez vn des plus rares ornemens de voſtre ſexe, & l'objet accomply de l'amour du noſtre: Mais ie n'auois point encore appris que les merueilles du dedans n'eſtoient pas moindres en vous, que celles qui brillent au dehors. Il ne faut que vous regarder , pour eſtre auſſi toſt perſuadé des perfections de voſtre viſage; eſtant vray de dire, qu'on voit ſortir de vos yeux des lumieres & des regards qui ſont autant de veritez neceſſaires & conuainquantes ſur ce ſujet. Mais pour deſcouurir plainement les diuines qualitez

EPISTRE.

de voſtre Ame, il eſt important, MADA-
ME, de vous voir agir & de vous entendre.
Voſtre derniere ſortie de la Cour, & le
bonheur de ma conſtellation, m'ont donné ces deux aduantages, en vn temps &
dans vn païs où ie ne pouuois rien ſouhai-
ter, ny faire de mieux que de profiter comme i'ay fait, de l'honneur de vos entretiens,
& de l'exemple de voſtre vie. I'ay pluſieurs
fois examiné vos actions & vos diſcours les
plus ordinaires, I'ay peſé iuſqu'à vos paroles: Mais les vns & les autres m'ont toujours
ſemblé ſi iuſtes, ſi propres, ſi releuez ; en
vn mot, ſi dignes d'vne perſonne extraordinaire,

Que i'ay conclu ſouuent auec la Renommée,
Que la gloire du ſexe eſt en vous conſommée.

Ie m'aſſeure que vous ſouffrirez agreable-
ment l'application de ces deux vers, quand
vous ſçaurez que ma Muſe les fit autrefois
pour cette Illuſtre Athenais, cette fameuſe
Imperatrice d'Orient ; qui fut en ſon âge
comme vous eſtes dans le voſtre, vn Miracle de Vertu, d'Eſprit, & de Beauté, qui tou-

cha fenfiblement, comme vous, les ver-
tueufes inclinations du plus grand Prince
de fon Temps ; auec cette difference toutesfois de fon deftin au voftre, qu'elle fut
affez heureufe pour rencontrer vn Theodofe en liberté comme en difpofition de
fe choifir vne Compagne à l'Empire, &
dont l'eftime & la paffion pour elle furent
alors pluftoft fortifiées qu'affoiblies par les
raifons d'vne fage fœur, & d'vn fidelle Mi-
niftre tout enfemble. Or de mefme qu'il fe
trouue beaucoup de rapport entre vos ex-
cellentes qualitez, on en remarque auffi
beaucoup en la plufpart de vos aduantures.
Les fuites, les effets, & les circonftances de
vos communes difgraces, furent quafi toutes pareilles ; quoy que les caufes & les pre-
textes en ayent efté fort differents. On y
voit cependant cela de commun, que l'innocence de l'vne & de l'autre ne pût eftre
fainéte à ceux mefme qui faifoient vne pro-
feffion plus ouuerte de Iuftice & de Pieté : Mais qui d'ailleurs n'ayant rien de plus
faint ny de plus facré que l'Ambition, re-

EPISTRE.

gardoient la faueur d'autruy la plus legitime & la plus douce, comme vn obstacle
insupportable à la violence de la leur: Le
Temps de son exil fut assez long pour venir à bout d'vne patience moindre que la
sienne. Et toutesfois au lieu de le consom-
mer en ces lasches plaintes, & ces inutiles
murmures qui soulagent la pluspart de ceux
qui ne seroient point malheureux, si leurs
ennemis n'estoient coupables; Elle l'em-
ploya dans vn exercice continuel de la plus
sublime Philosophie Morale & Chrestienne. L'esgalité de sa constance à supporter les
outrages de la terre, & celle de sa deuotion
à solliciter les graces du Ciel, donnerent de
l'admiration à tous les peuples de la Palesti-
ne qui conseruerent tousiours pour elle
autant d'amour & de reuerence, qu'ils con-
ceurent de haine & de mespris pour ses in-
iustes persecuteurs. Ceux qui n'ignorent
pas l'Histoire de ceste aymable Reyne des
Philosophes, & sçauent comme moy les
plus beaux endroits de la vostre, ne diront-
ils pas que la Fortune a voulu se seruir, &

d'occasions

EPISTRE.

d'occafions & de matieres toutes fem-
blables, pour donner vn femblable exercice à la generofité de l'vne & de l'autre?
Quelle tranquillité d'efprit, & quelle fere-
nité de vifage n'auez-vous pas toufiours
cónferuée durant vn Oftracifme de trois
années, qui vousbanniffoit d'vne demeure
efclatante où vos admirables qualitez
eftoient en leuriour, & dans la bouche des
plus grands Princes, pour les cacher auec
vous dans le filence & l'obfcurité d'vne pro-
uince bien efloignée? Celle du Mayne à qui
le fouuenir & le nom de voftre illuftre famille font encore tres-precieux, puis qu'elle
conte feu Monfeigneur de la Flotte voftre
Ayeulmaternel, entre fes plus dignes Lieu-
tenansde Roy, a fourny de Theatre & de
fujet aux dernieres actions dont vous auez
fignalé voftre vertu. C'eft là, que la folidité
d'vne deuotion qui n'a rien de trifte ny d'in-
commode, la frequence de vos vifites aux
lieux Saints, l'ardeur & la tendreffe de la
charité qui tient vos belles mains toufiours
ouuertes à la neceffité des pauures, & vos

ē

EPISTRE.

bontez à reſtablir la paix entre les riches,
dont la pluſpart vous faiſoient arbitre de
leurs differens, qu'ils abandonnoient volontiers à la diſcuſſion d'vn iugement, clair
& equitable comme le voſtre : C'eſt là
dije que ces merueilleux aduantages de
la Grace & de la Nature, & tant d'autres
que ie ne dis pas, ont eſgallement edi-
fié l'Egliſe & le monde, le Magiſtrat & le
peuple, & monſtré par l'applaudiſſement
general de tout vn païs, que vous ſçauez
auſſi bien vous acquerir le cœur des Sujets,
que celuy du Prince qui leur comman-
doit. En fin MADAME, pour acheuer
le paralelle de la fortune d'Eudoxe auec la
voſtre, il eſt croyable que reuenant à la
Cour, elle y fut receuë auec plus de pompe
& de magnificence, mais non pas auec
plus de ſatisfaction des gens de bien de
l'vn & de l'autre ſexe, ny plus de teſmoi-
gnages d'amitié, que vous l'auez eſté de cette Auguſte Maiſtreſſe, dont la chere veuë
faiſoit en vous la principale joye du retour;
de meſme que ſes afflictions auoient tou-

EPISTRE.

jours esté l'vnique & veritable matiere, de toutes celles que vous auiez souffertes en voltre exil. Ainsi MADAME, autant que le present & le passé nous peuuent asseurer de l'aduenir, il est apparent qu'vne si grande Princesse ne perdra iamais la memoire de vos seruices & de vos vertus tant qu'elle gardera la moindre teinture ou le moindre souuenir des siennes, qui graces à Dieu ne parestront iamais capables d'aucuns changemens, sinon de ceux qui meinent touiours du bien au mieux. C'est l'esperance & l'opinion que nous deuons auoir d'vne persóne sacree, en faueur de laquelle on ne sçauroit iustement nier, que la main du ciel n'ait operé de tres gráds miracles. Toute l'Europe Chrestienne en attéd de l'integrité de sa vie, de la sainteté de ses mœurs, & de la sagesse de sa Regence, de qui tant de peuples diuers se font desia promis le restablissement de la paix, cette agreable fille du Ciel, & cette douce mere du repos & de l'abondance. Pour moy, MADAME, tant que

vous & celles qui vous reſſemblent, aurez
l'honneur des bonnes graces de la Reyne,
ie ne doute point que ſes rares qualitez, ſoit
acquiſes, ſoit naturelles, venant à ſe fortifier
en ſon ame, & par leur propre force & par
celle de ces beaux exemples domeſtiques,
n'attirent touſiours de plus en plus les faueurs du Ciel ſur la Mere & ſur les Enfans,
& qu'en ſuitte vn long fleuue de benedi-
ctions prenant ſa ſource du Louure, ne ſe
reſpande finalement ſur toutes les terres de
la Chreſtienté. En attendant ce bien general qui deſpend de la diſpoſition des Roys,
dont le cœur eſt en la main de Dieu, vous
ne laiſſez pas d'employer à la felicité des
particuliers tout ce que vos ſeruices & vô-
tre charge vous ont acquis d'accez & de cre-
dit aupres de cette Royale Maiſtreſſe, de
qui l'extreſme bonté ne peut rien denier
aux ſollicitations de la voſtre, tant vous ſçauez bien oſter des affaires ce qu'elles pour-
roient auoir de difficile ou d'importun, par
la maniere de les dire & de les traiter. De là
vient qu'on voit ordinairement dans voſtre

EPISTRE.

chambre, vn flux & reflux de perfonnes de
toutes fortes de conditions, dont la moitié
n'eft là que pour vous demander des graces,
& l'autre pour vous en rendre. Celle que
vous me faites, en agreant que ie tire de vô-
tre beau Nom le plus durable ornement, &
la plus grande recommandation de mon
Ouurage enuers la pofterité, n'eft pas la
moindre de tant d'autres, dont vous auiez
déja bien eftroitement obligé,

MADAME,

Voftre tres-humble & tres-
obeïffant feruiteur,
MAIRET.

E iij

A MADAME
DE HAVTEFORT,
ET A
MADEMOISELLE D'ESCARS SOEVRS,

Sur le sujet de leur retour aupres de la Reyne
Regente.

SONNET.

BEaux Astres de la Cour pleins de viues clartez,
Sans ombres, sans vapeurs, sans tenebres aucunes;
Vous qui pouuez ranger toutes les Libertez
Sous l'empire amoureux des blondes & des brunes.

Dignes sœurs en vertus aussi bien qu'en beautez,
Les caresses du Ciel, comme les infortunes,
La naissance, la Cour, les rares qualitez,
Par vn commun destin vous ont esté communes.

Ce fut vn mesme sort, ce fut vn mesme iour,
Qui vous fit l'vne & l'autre abandonner la Cour,
C'est vn mesme sujet qui vous a ramenées.

Ce que i'attens encore, Objets doux & charmans!
C'est qu'en vous & par vous, deux puissans Hyme-
nées
Donnent à deux Maris l'espoir de mille Amans.

À MADAME
DE HAVTEFORT.
SVR LE MESME SVIET.
SONNET.

Digne & parfait objet de l'estime & du choix
De cette Glorieuse & Magnifique Reyne,
Qui mesle esgallement, aymable & souueraine,
La douceur de l'Empire à la force des Loix.

Certes il importoit pour adoucir la peine
Que nous cause la mort du plus grand de nos Rois,
Qu'on vous fist eschanger pour la derniere fois,
Les riuages de Sarte aux riuages de Seine.

Cueillez à pleines mains dans vos prosperitez
Les fruits que vos vertus ont si bien meritez,
Qu'ils détournent de vous tous les yeux de l'Enuie:

Il n'arriuera point (quelques rares bien-faits
Dont l'amour de la Reyne honore vostre vie)
Que la haine du peuple en murmure iamais.

A LA MESME SVR LE POEME

D'ATHENAIS,

A elle enuoyé par l'Autheur.

SONNET.

Daphné, dont les regards font autant de con-
 queftes ;
Vous qui faites regner l'Amour & la Beauté
Dans vn Trofne efleué fur les plus dignes Teftes
Où le bandeau Royal ayt iamais efclaté.

Beau Miracle d'Amour, d'Efprit, de Pieté,
L'exemple des Vertus & des beautez parfaites,
Le regret de la Cour où vous auez efté,
La gloire & le bon-heur de la ville où vous eftes.

Puis que vous poffedez les plus rares Trefors
Qui peuuent enrichir & l'Efprit & le Corps,
Et que femblable effet vient de femblable caufe.

Si nous auions encore au fiecle de Loüis,
Vne autre Pulcherie, vn autre Theodofe,
N'aurions-nous pas en vous vne autre Athenais?

ADVERTISSEMENT.

COMME ç'a touſiours eſté mon opinion en ſuite de celle du Philoſophe, que l'Inuention eſt la plus noble & la plus excellente qualité du vray Poëte, ie me ſuis pour le moins efforcé de m'en ſeruir vtilement en toutes les Pieces que i'ay données au Theatre; de là vient que ie ne feray iamais difficulté de changer ny de multiplier les plus notables Incidents d'vn Sujet connu, poururueu que cette ingenieuſe liberté ne ſerue pas ſeulement beaucoup à l'Embelliſſement ou à la Merueille, mais encore à la Vray-ſemblance du Poëme, à laquelle ie fay profeſſion de m'attacher ſur toutes choſes, & pluſtoſt meſme qu'à la Verité; eſtimant apres le premier Maiſtre de l'Art, que le vray-ſemblable appartient proprement au Poëte, & le veritable à l'Hiſtorien. C'eſt ainſi qu'auec vne hardieſſe qui paſſe au delà de l'Hiſtoire, i'introduis Octauie dans la Tragedie de Marc Antoine, & que par vne autre qui va meſme contre l'Hiſtoire, ie fais mourir Maſſiniſſe ſur le corps de Sophonisbe, ayant voulu redreſſer & embellir le naturel de ce Heros par vne action qu'il ne fit pas à la verité, mais qu'il deuroit auoir faite. En vn mot, cette premiere partie du bon Poëte

m'eſt tellement recommandable, que ie n'ay iamais traité de Sujet ſi riche & ſi remply de luy-
meſme, où ma Muſe n'ayt adiouſté, bien ou mal,
beaucoup du ſien. Ie me ſuis meſme tant hazar-
dé, que d'en produire quelques-vns qui ſont pu-
rement du trauail de mon Imagination; & ſi l'on
prend la peine de bien conſiderer ce dernier, on
trouuera ie m'aſſeure que l'Inuention en eſt tout
à fait extraordinaire, & qu'à force d'Art & de
ſoin ie n'ay pas trop mal appuyé, iuſques aux
moindres Incidents, qui font le Vray-ſemblable
& le Merueilleux de cét Ouurage. Au reſte ie
ne doute point que les extrauagances de Tenare,
& les choſes que les autres diſent à cauſe de luy,
ne deſplaiſent d'abord à ceux qui ne diſtinguent
point la naïfueté d'auec la baſſeſſe; mais ils con-
ſidereront, s'il leur plaiſt, que c'eſt vn Perſonnage
qui contrefait le ridicule, & dont la grace con-
ſiſte pluſtoſt en celle de l'habillement & de l'action, qu'en la beauté des Vers ny des Sentimens.
Enfin c'eſt vn Sujet graue & ſerieux, dont ie me
ſuis propoſé de conduire les Aduantures à leur
fin, par des moyens Comiques & plaiſans, ſans
m'eſloigner iamais des regles de la Fable ny de la
Scene, ou du Theatre & du Roman, pour m'ac-
commoder aux termes & à l'intelligence du Peuple noſtre bon Amy.

A

AV LECTEVR.

'EST icy non seulement la plus nouuelle, mais encore la derniere de mes Pieces de Theatre, sur laquelle il te sera permis d'exercer ou ta Critique rigoureuse, ou ton Iugemét fauorable: Puis que dés à present à l'exemple de Messieurs de Scudery, Du-Ryer, de Rotrou, & autres fameux Auteurs, ie me retire sans regret des occupations de la Scene, apres y auoir trauaillé 17. années. Il me semble que la Muse qui marche sur le Cothurne, n'auroit pas raison de se plaindre du congé que ie luy demande, & que ie luy donne, apres auoir iustement partagé la plus belle moitié de mon âge à son seruice, sans autre recompense que d'vn peu de bruit, & de quelques feüilles de Laurier. Il est temps desormais d'employer ce qui nous reste de loisir & de chaleur, à des ouurages plus serieux, & dont le succez soit moins dependant de l'opinion ou de l'humeur d'vne assemblée, ou les voix se comptent plustost qu'on ne les pese; & de la disposition des Acteurs, dont la pluspart affectent plus les personnages qui les contentent, que les rôles qui leur sont propres. Au reste, si plusieurs de mes amis qui sont Iuges competans en cette matiere, ne me flattent point, Sidonie est

i

AV LECTEVR.

fans doute le plus acheué de tous mes Poëmes, tant pour la verfification, que pour l'artifice & la conduite du fujet : Ils n'en exceptent pas mefme la Sophonie, ny la Cleopatre. Ce ne fera peut-eftre pas ton fentiment, mais il n'importe, à cela ne tienne que nous ne foyons toufiours bien enfemble, & que la Paix generale ne foit concluë. Adieu,

LES PERSONNAGES.

BEREMINTHE,	Reyne d'Armenie vefue.
CEPHISE,	Infante d'Armenie.
PHARNACE,	Frere de Cephife.
ARISTEE,	Confeiller de Pharnace.
ARCOMEINE,	Grand Miniftre d'Armenie.
SIDONIE,	Fille d'Arcomene, & Amante de Cinaxare.
CINAXARE,	Prince de Lydie.
ZOPIRE,	Confident de Cinaxare.
LVCINDE & ROSANIRE.	filles d'Honneur de l'Infante.

La Scene eft à Ctefiphonte, Capitale d'Armenie.

SIDONIE

SIDONIE,

TRAGI-COMEDIE
DE MAIRET.

ACTE I.

SCENE PREMIERE.
CEPHISE, SIDONIE.

CEPHISE.

E N FIN *nous la voyons cette belle iour-*
née
Qui doit au gré de tous luire à voſtre Hy-
menée;
Rien n'empeſchera plus qu'il ne ſoit acheué,
Beremynthe le veut, Pharnace eſt arriué,

A

SIDONIE,

Satisfait (m'a-t'il dit) autant qu'on le peut estre,
Du respect qu'enuers luy vous auez fait parestre,
Remettant sagement iusques à son retour
Les plaisirs innocens de cét aymable iour
Le plus heureux pour vous & le plus desirable
Qu'ait tiré du Soleil vn destin fauorable.

SIDONIE.

Mon bon-heur, ie l'auoüe, est sans comparaison.

CEPHISE.

Vous pouuez l'auoüer auec iuste raison,
Puis que vostre fortune enferme ce me semble,
La Gloire, le Plaisir, & le Bien tout ensemble.
Vous allez espouser vn Prince genereux,
Des hommes le mieux fait & le plus amoureux,
Le sujet de l'estime & de la ialousie
Des Sages de la Grece & des Rois de l'Asie,
A qui rien ne defaut pour parer sa vertu
Que le Bandeau Royal que ses Peres ont eu.
Mais que d'oresnauant trois prouinces données
Vont faire mettre au rang des Testes couronnées.
Ces trois nouueaux Estats du nostre dependans,
Seront tousiours pour vous & pour vos descendans.
C'est le prix glorieux que la Reyne prepare
A la fidelité du vaillant Cinaxare,

Luy qui pour l'Armenie a cent fois respandu
Le beau sang de Croesus dont il est descendu;
Et le seul Estranger qui sur mer & sur terre
A iamais eu chez nous tout l'employ de la guerre.
Mon frere vient icy pour vous feliciter,
Adieu.

SIDONIE.

C'est bien plustost pour me persecuter.

SCENE SECONDE.
PHARNACE. SIDONIE.

PHARNACE.

IE viens vous rendre grace, ô Merueille adorée!
D'vne obligation que i'auois ignorée;
I'ay sceu qu'en ma faueur vous auez differé
Vostre Hymen que la Reyne auoit tant desiré.
Asseurez-vous aussi que la magnificence
En aura plus d'esclat & de réjoüissance,
Que mon rang, ma presence, & la part que i'y prens,
En rendront les apprests plus pompeux & plus grands:

Car ie puis & ie veux esleuer Sidonie
Au legitime espoir du Trosne d'Armenie.

SIDONIE.

C'est pour continuer le diuertissement.

PHARNACE.

Ie parle tout de bon, n'en doutez nullement,
Expres pour cét effet ie passe chez la Reyne,
Où ie veux m'asseurer de l'esprit d'Arcomeine.

SIDONIE.

Mon pere asseurément est trop homme d'honneur
Pour m'acquerir iamais ny Sceptre ny bon-heur,
Au prix d'vne iniustice ou d'vne perfidie,
En manquant de parole au Prince de Lydie.

PHARNACE.

Vostre pere est trop sage & trop ambitieux
Tour maintenir vn choix si peu iudicieux.

SIDONIE.

C'est vn choix que la Reyne a fait par connoissance,
Et qu'il suit par estime & par obeyssance.

PHARNACE.

Dans les diuers sujets qu'on me donne auiourd'huy
De me plaindre tout haut de la Reyne & de luy,
Ie luy ferois bien voir en ma iuste colere,
Que i'ay pouuoir de nuire à qui peut me déplaire,
Et que cette vnion trop suspecte de soy
N'estoit pas vne affaire à resoudre sans moy.
Mais en vostre faueur ie seray moins sensible,
Contraindray mon humeur autant qu'il m'est possible,
Et tousiours ma Raison opposera pour vous
Le feu de mon Amour au feu de mon courroux.
En fin souuenez-vous que Pharnace vous ayme,
Et que son Amitié vous garde vn Diadesme.

SIDONIE.

L'Amitié de Pharnace a pour moy des appas,
Mais pour son Diadesme il ne me tente pas.

PHARNACE.

Si la preuue d'Amour que pour vous ie medite
Ne trouue en vostre esprit la foy qu'elle merite,
Vostre incredulité me fasche au dernier point,
Où vostre ingrate humeur, si vous n'en doutez point,
Les promesses des Dieux sont tousiours veritables,
Et celles des vrais Rois tousiours inuiolables.

SIDONIE.

Bien, ie ne doute point de voſtre affection.

PHARNACE.

Dites de mon Amour, ou de ma paſſion,
Puis que c'eſt en effet le veritable terme
Que demande vn deſir ſi puiſſant eſ ſi ferme.

SIDONIE.

Si le terme d'amour ne vous ſemble aſſez fort,
Seruez-vous s'il vous plaiſt, de celuy de tranſport;
Sans diſputer du nom ie vous proteſte encore
Que la choſe m'en faſche autant qu'elle m'honore:
Approuuer vos deſſeins en l'eſtat où ie ſuis,
C'eſt plus que ie ne dois, c'eſt plus que ie ne puis.
Voſtre Alteſſe apres tout, s'eſt bien tard aduiſée
De la condition qu'elle m'a propoſée;
Et c'eſt bien tard auſſi qu'elle vient trauerſer
La fin d'vne amitié qu'elle a veu commencer.
Auant qu'elle entrepriſt ſon voyage d'Affrique,
L'amour de Cinaxare eſtoit aſſez publique,
Et ſon cours aſſez long pour luy faire preuoir
Le ſuccez qu'à la fin elle pourroit auoir.
Ce bruit qui maintenant ſe change en certitude,
Ne luy donna pour lors ancune inquietude,

Sa peine à tout le moins fut esgalle à son feu
Dont elle a tousiours fait vn agreable jeu.
Ainsi dois-ie appeller ses soins & ses visites.

PHARNACE.

Ainsi vous faites tort à vos propres merites ;
Ainsi vostre rigueur se plaist à m'affliger,
Et vous outrage mesme afin de m'outrager.
Celle à qui mon amour presente vn Diadesme,
Peut bien ne m'aymer pas sans nier que ie l'ayme,
Elle peut s'empescher de me vouloir du bien,
Ou me cacher son feu sans esteindre le mien.
Oüy belle Sidonie, il est indubitable
Que ie vous protestois vne ardeur veritable,
Et que i'appris dés lors à connestre le mal
Que fait la jalousie à l'esprit d'vn riual.
Mais la raison d'Estat à mon bon-heur contraire,
M'empescha le desir d'vn Hymen temeraire,
Puis qu'à mon iugement on peut nommer ainsi
Vn dessein qui sans doute auroit mal reüsi.
Mais par vne aduanture aussi belle qu'estrange,
Cette raison d'Estat à la mienne se range,
Et ie puis maintenant par les moindres efforts,
Ce que par les plus grands ie ne pouuois alors.
La douceur cependant du bien que ie souhaite
Sans vostre propre adueu ne peut estre parfaite,

Deux mots de vous à moy rauiront tous mes sens,
Si de bouche & de cœur vous dites i'y consens.
Montrez-moy dõc par là que mon Amour vous touche.

SIDONIE.

Vous ouurez vn propos qui me ferme la bouche.

PHARNACE.

Ie prens en bonne part ce silence discret
Qui de mon entreprise est vn adueu secret.

SIDONIE.

Croyez que i'y repugne autant qu'il est possible.

PHARNACE.

Vous auez donc pour nous vne haine inuincible ?

SIDONIE.

Non, mais i'ay pour vn autre, vne immuable foy.

PHARNACE.

Il vaut mieux pour tous deux que vous l'ayés pour moy.

SIDONIE.

Mais ie suy mon Deuoir & mon propre Genie.

PHARNACE.

PHARNACE.

Mais les Astres pourtant m'ont promis Sidonie.

SIDONIE.

S'ils enclinent les cœurs il ne les forcent pas.

PHARNACE.

Ils peuuent presque tout aux choses d'icy bas,
Et bien tost nostre hymen vous le fera connestre.

SIDONIE.

Ie sçay bien qu'en effet ce miracle peut estre;
Mais ce que ie sçay mieux, c'est que presentement
Il n'arriuera point de mon consentement;
N'attendez donc de moy qu'vne parfaite estime
Puis que i'ay pour vn autre vne amour legitime.

PHARNACE.

Cette amour toutesfois ne m'empeschera point
De poursuiure vn Trauail où mon Repos est joint,
Que mon dessein vous plaise, ou qu'il vous importune,
C'est assez qu'il importe à ma bonne fortune,
Faisant ce que ie dois pour mon bon heur promis,
Le Temps fera le reste & les Destins amis.

B

SCENE TROISIESME.

SIDONIE.

Dieux! que cét incident me surprend & m'estonne,
Que ie dois bien penser dans la peur qu'il me dõne;
Que cet Enigme obscur est vn nuage noir
Qui dit en murmurant que le foudre va choir.
Dieux encore vne fois, que ce dernier langage,
A d'estranges pensers me conduit & m'engage;
Genereux Cinaxare: helas! que ie te plains,
Au seul aspect du trouble & du mal que ie crains;
Seroit ce donc l'effet de ce songe effroyable
Qui m'affligea l'esprit d'vne peine incroyable,
La nuict qu'vn grand Lion m'apparut en dormant
Et m'emporta de force aux yeux de mon Amant?
Mais pourquoy me forger ces matieres de crainte?
Que sa flâme pour moy soit veritable ou feinte,
Que peut il apres tout, que disputer en vain
Contre vn nœud que la Reine a serré de sa main:
Ie suis à Cinaxare, & dans cette aduanture
Nostre hymen craint le trouble & non pas la rupture.

LVCINDE.

Helas ! c'eſt deja trop pour ſon contentement,
Que d'en craindre le trouble ou le retardement,

SIDONIE.

Mais le voicy qui vient, il faut que ie luy taiſe
Tout ce qui peut rabatre ou ſuſpendre ſon aiſe.

SCENE QVATRIESME.

CINAXARE SIDONIE.

CINAXARE.

Miracle de vertu, d'eſprit & de beauté,
Merueille incomparable en toute qualité,
Obiect cher à ma veüe & doux à ma memoire,
Qui ſeul ferez touſiours mon plaiſir & ma gloire,
Apres mille trauaux qui n'ont pû m'eſtonner,
Enfin le Myrthe eſt preſt qui doit me couronner.
Le tranſport eſt ſi grand dont mon ame eſt ſaiſie,
Que ſi i'auois conquis & l'vne & l'autre Aſie,
Sur la teſte des Rois en triomphe porté,
I'aurois moins de plaiſir & moins de vanité.

B ij

SIDONIE,

Des plus parfaits Amants la plus parfaite joye,
Ne peut eſtre eſgalée à celle où ie me noye;
La ſource en eſt ſi viue & le cours ſi puiſſant,
Qu'elle met en danger le cœur qui la reſſent:
Mais vous donnant aduis de ma bonne fortune
Que noſtre feu commun vous doit rendre commune,
Et vous donnant ſuiet autant que ie le puis,
De prendre voſtre part du bon heur où ie ſuis;
Ie ne m'apperçois pas que vous ſoyez atteinte
Du moindre trait de joye ou veritable ou feinte,
Ny que la nouueauté d'vn meſſage ſi cher
Vous ayt touchée au point qu'elle vous d'euſt toucher.
Au contraire, vn air ſombre, & de mauuais preſage
Se remarque en vos yeux & dans voſtre viſage:
Eſt-ce qu'encore vn coup voſtre ſeuerité
Veut eſloigner le iour de ma felicité,
Ou qu'auec deplaiſir voſtre amour alterée
Voit arriuer la mienne à ſa fin deſirée?
S'il faut que ma conſtance ayt cét indigne ſort;
O Dieux, faites-moy grace en me donnant la Mort!

SIDONIE.

Les Dieux, cher Cinaxare, ayment trop voſtre vie
Pour vouloir que ſi toſt elle vous ſoit rauie;
Mais touſiours voſtre eſprit qui s'ombrage de rien
Soupçonne iniuſtement la fermeté du mien.

CINAXARE.

Se faut il eſtonner, charmante Sidonie,
Si pourſuiuant vn bien de valeur infinie,
Que i'eſtime ſi fort & merite ſi peu,
La glace du ſoupçon accompagne mon feu.

SIDONIE.

Que voyez vous en moy qui d'abord vous oblige
De faire vn iugement qui vous trouble & m'afflige?

CINAXARE.

Voſtre ſeule triſteſſe en cette occaſion
M'a donné ceſte ſombre & triſte viſion.

SIDONIE.

Ie ſuis triſte en effet, mais ſans feinte ou fineſſe
Vn ſuieƈt tout contraire a cauſé ma triſteſſe
Qui ſ'attache en partie au ſonge que i'ay fait,
Et dequi pour tous deux i'aprehende l'effait.
Mais viuez en ropos, & d'vne ame aſſeurée
Fiez vous en la foy que ie vous ay iurée,
Celuy que l'Orient apelle ſon Vainqueur
Triomphera touſiours au milieu de mon cœur,
Et ie perdray pluſtoſt la raiſon ou la vie,
Que ie ne changeray de langage & d'enuie,

B iij

SIDONIE,

Ie ne puis plus long temps arrester en ce lieu
Arcomeine m'attend, & ie vous quite, Adieu.

CINAXARE.

Cruelle, à tout le moins n'empeschez pas encore
Ce qui peut appaiser le feu qui me deuore.

SIDONIE.

Les Dieux vous sont amis, priez les seulement
Que personne que moy n'y mette empeschement.

CINAXARE.

I'obtiens donc auiourd'huy le Triomphe où i'aspire.

SIDONIE en s'en allant dit tout bas

Peut estre.

CINAXARE.

Mais voicy mon fidelle Zopire.

SCENE CINQVIESME.
CINAXARE. ZOPIRE.

CINAXARE.

APproche toy de grace, Amy rare *&* prudent
De mes longues amours aymable confident,
Le rapport de nos mœurs *&* de nos deux Genies
Ayant si fortement nos volontez vnies.
Ie pense qu'auec moy tu viens te reioüïr
Des Biens dont cet hymen me va faire joüïr;
Ie n'entends pas ces Biens que la Reine me donne,
Ny ceux que mon Espée a joints à sa Couronne;
Les Tresors dont Amour me veut combler aussi
Sont proprement les Biens dont ie te parle icy.

ZOPIRE.

La faueur de la Reine *&* vos propres merites
Mettant vostre fortune aux termes que vous dites,
I'admire à quel propos se peut entretenir
Certain bruict qui vous touche *&* qui m'a fait venir.

CINAXARE.

Comment! quel bruit de moy fait ton inquietude?

ZOPIRE.

Celuy de voftre Hymen, & fon incertitude;
Hyer au foir auffi-toft que Pharnace arriua,
Le vent de ce faux bruict fourdement fe leua.
Mais au leuer du Prince il a pris ce me femble
Vn foufle plus certain & plus fort tout enfemble.

CINAXARE.

Mefprife auecque moy ce murmure des vents,
Et ry des enuieux qui les vont emouuants.

ZOPIRE.

Mais fi des bruits obfcurs qui fachent ou qui nuifent,
Et qui pour la plus part d'eux-mefme fe deftruifent,
Il ne faut pas fouuent apprehender le cours,
Auffi ne faut il pas le negliger toufiours;
Le naturel du Prince eft delicat & fombre,
Poffible voftre Hymen l'offence & luy fait ombre;
Ce grand coup entrepris & refolu fans luy
Fait poffible l'aigreur qu'il témoigne auiourd'huy?
Et fa raifon d'Eftat le met en deffiance,
De voftre Ambition & de voftre Alliance

Auec

Auec ces deux sujets de mescontentement,
Le trouble que i'en crains n'est pas sans fondement.

CINAXARE.

Ie ne soustiendray pas auec trop d'asseurance,
Que ce bruit en effet n'ait assez d'apparence.
Mais qu'il soit veritable, ou qu'il soit inuenté,
L'esprit de Sidonie en est espouuanté.
C'est sans doute par là que doit estre expliquée,
Vne melancolie en ses yeux remarquée :
Et par là seulement doiuent estre entendus
Certains mots qu'en partant elle m'a respondus.
Pourtant malgré l'Enuie, & quoy qu'elle entreprenne,
I'ay la Fille pour moy, i'ay le Pere & la Reyne,
Auec ces trois Appuys, le Prince au pis aller,
Peut heurter mon bon-heur, & non pas l'ébranler :
Il vient auec la Reyne, éuitons sa rencontre,
Et s'il a du despit, attendons qu'il le montre.

C

SCENE SIXISIESME.

BEREMYNTHE, PHARNACE, CEPHISE.

REYNE.

PHarnace, vne autre fois foyez plus retenu,
  Et penſez au diſcours que vous m'auez tenu.
D'vn Fils audacieux l'humeur impetueuſe,
Ne me parut iamais ſi peu reſpectueuſe.
Auant que me parler, il auroit eſté bon
De vous remettre vn peu du voyage d'Ammon;
Sans doute le Soleil & les ſables d'Affrique
Vous ont bruſlé le ſang & l'humeur qui le pique :
Ie conclus vne affaire & vous la cenſurez,
Ie nouë vn mariage & vous en murmurez,
Et l'ayant fait ſans vous & ſans voſtre ſuffrage,
Vous voulez en donner & prendre de l'ombrage.
Mais de quelque beau ſens que vous ſoyez pourueu,
Vous n'y preuoyez rien que ie n'aye preueu;
Ie l'ay fait toutefois, & ce qu'on en peut dire
C'eſt que i'ay fait ſans vous le bien de mon Empire.

PHARNACE.

I'y trouue cependant vne difficulté,
Et qui merite bien que ie fois confulté.

REYNE.

Vos confeils en effet me font fi neceffaires,
Que ie ne puis fans eux aduancer mes Affaires:
De là vient le malheur des chofes que ie fais,
Et qu'à mes ennemis i'ay demandé la paix
Apres qu'ils ont fur moy trois Prouinces conquifes,
De là vient le malheur qui fuit mes entreprifes,
Et que mes actions ont eu fi peu d'efclat.
Vous eftes fans mentir vn grand homme d'Eftat,
Il faut qu'en mon Confeil Arcomene vous cede,
La charge qu'il exerce & le rang qu'il poffede.

PHARNACE.

La qualité de Prince, & de Prince du fang,
Me donne aupres de vous vn affez digne rang,
Pour mefprifer le fien, où le voir fans enuie,
Et mon feul intereft à parler me conuie.

REYNE.

Icy voftre intereft, c'eft voftre ambition.

PHARNACE.

Icy mon intereft c'ſ fi ma condition.

C ij

Le mespris qu'on en fait passe iusqu'à l'outrage,
Et n'est pas supportable aux Princes de mon âge,
A vingt ans, hors d'Enfance & de Minorité.

REYNE.

Vous y serez tousiours sous mon authorité,
Des personnes d'Estat au Sceptre destinées,
On remarque les mœurs, & non pas les années.

PHARNACE.

Pour me traiter encore auecques plus d'honneur,
Il ne faut que me rendre au soin d'vn Gouuerneur!

REYNE.

Ie seray vostre Reyne & vostre Gouuernante
Pour corriger en vous cette humeur violente.

PHARNACE.

C'est le temperament dans lequel ie suis né,
Et si c'est vn deffaut vous me l'auez donné.

CEPHISE.

Mon frere, au nom des Dieux, imposez-vous silence.

REYNE.

Si ma discretion ne rompt sa violence,

Ses indignes façons de faire & de parler
M'emporteront plus loin que ie ne veux aller.
Pharnace, la raison vous estant reuenuë,
Vous aurez moins d'audace & plus de retenuë.
Apprenez cependant que vos Maux & vos Biens
Sont encore attachez au Sceptre que ie tiens :
Que ie puis vous montrer mon amour ou ma hayne,
Et comme vostre Mere, & comme vostre Reyne.
Apprenez en vn mot qu'vn effet absolu
Accompagnant tousiours ce que i'ay resolu
Auiourd'huy Cinaxare espose Sidonie,
Vous serez, s'il vous plaist, de la Ceremonie.
Satisfait ou chagrin, il n'importe comment,
Enfin c'est mon plaisir & mon commandement.

SCENE DERNIERE.

PHARNACE. CEPHISE.

PHARNACE.

AViourd'huy Cinaxare espouse Sidonie,
Non pas, si l'on en croid le Prince d'Armenie,
Satisfait ou chagrin, il n'importe comment,
Suffit, puis qu'il importe à mon contentement ;

Suffit, puis qu'il est vray que tousiours il importe
De traiter en Esclaue vn Prince de ma sorte.

CEPHISE.

Mais Pharnace à la fin feroit dire à la Cour,
Qu'à la raison d'Estat ioignant celle d'Amour,
Il a pour Sidonie vne fureur jalouse.

PHARNACE.

Oüy, ie l'ayme, & de plus il faut que ie l'espouse.

CEPHISE.

Dans quel aueuglement vous allez-vous ietter
Mon frere ; & quel tumulte allez-vous exciter ?
Cette entreprise vaine, & possible fatale,
N'est pas vne entreprise à vos forces esgale.
C'est tenter l'impossible, & se commettre à tout.

PHARNACE.

Ma sœur, ne doutez point que ie n'en vienne à bout.
Mais auant toute chose il faut que ie prepare
Les esprits d'Arcomene & ceux de Cinaxare.

CEPHISE.

Sidonie est constante, & ce fameux vainqueur
A gagné dés long-temps son estime & son cœur.

PHARNACE.

N'importe, quoy qu'il fasse, & malgré toute chose
Ie puis mettre en effet l'Hymen que ie propose.
Mais pour l'acheuement de ma felicité,
I'y voudrois plus d'Amour que de necessité.

Fin du Premier Acte.

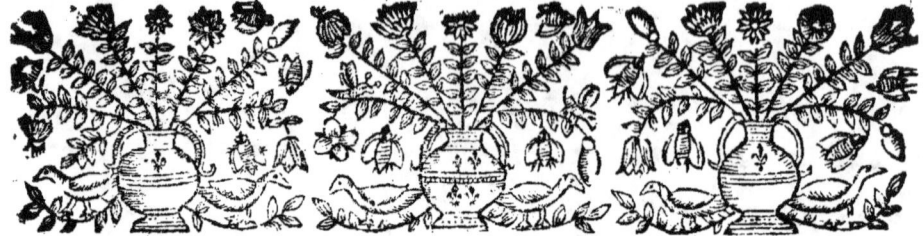

ACTE II.

SCENE PREMIERE.

LA REYNE. CEPHISE. ARCOMENE.
SIDONIE.

REYNE.

REF, *de cét orgueilleux l'indiscrette li-*
cence
Eust porté mon courroux iusques à l'inde-
cence;
Si i'eusse plus long temps auec luy contesté.

ARCOMENE.

C'est mon opinion que vostre Majesté
En semblable rencontre aura fort bonne grace
De luy quiter tousiours le discours & la place.
CEPHISE.

CEPHISE.

Il est vray que Pharnace à l'esprit turbulent,
Et que son naturel est un peu violent :
Mais pechant par humeur plustost que par malice,
Ra Nature & l'Amour excusent son caprice.

ARCOMENE.

Si le Prince est colere, actif & vehement,
C'est un vice de l'âge & du temperament.
Vostre exemple, Madame & le cours d'un autre âge,
Le rendront quelque iour plus discret & plus sage ;
Les mesmes feux qu'il a, le feu Roy les auoit,
Quand en âge pareil ce grand Prince viuoit.
Sa vertu toutefois iointe au soin de vous plaire,
Fit sa mort glorieuse & sa vie exemplaire.

REYNE.

C'est bien adroitement qu'auecque ce discours
Vous venez de ma peine interrompre le cours,
Et qu'en me consolant vous voulez que i'espere
Le changement du Fils par l'exemple du Pere.
Il est bon cependant, que nostre authorité
Se maintienne tousiours auec seuerité,
Et que nous acheuions de puissance absoluë
Cette affaire commune entre nous resoluë.

D

Plus ie la confidere, & plus elle me plaiſt,
I'y rencontre ma gloire auec voſtre intereſt,
Par vn ſi doux lien ie retiens Cinaxare,
I'aſſure à mon Empire vne Vertu ſi rare,
Ie donne à voſtre fille vn Eſpoux accomply;
Vn Heros de tous biens eſgalement remply. .
En fin ce coup d'Eſtat affermit ce me ſemble
Voſtre contentement & le mien tout enſemble.
Aujourd'huy ſans remiſe il ſera terminé,
Le conſeil en eſt pris, & l'ordre en eſt donné.
Pour tout ce que Pharnace a dit à Sidonie,
C'eſt vne inuention de ſon mauuais Genie;
Par là ce bel Eſprit a creu l'intereſſer,
Eſloigner cét Hymen, & nous embarraſſer.
Mais ie ſuis en eſtat, quelque choſe qu'il faſſe,
De meſpriſer le coup autant que la menace.
Perſonne iuſqu'icy ne m'a donné la Loy,
L'Empire m'appartient, ie regne de par moy,
Et mon Troſne en tout temps aura ce priuilege
D'eſtre vn rempart d'airain à ceux que ie protege.
Vous eſtes de ce nombre, & ce que ie vous dy
Vous doit rendre à la fois, ſatisfait & hardy.
Doncques ſuiuant mon ordre et voſtre miniſtere
Ordonnez pour le ſoir l'appreſt de ce myſtere,
La nuict a ſes beautez, & l'eſclat du flambeau
Rend des pompes d'Amour le ſpectacle plus beau.

Ie veux qu'auec ma Cour tout le Peuple s'appreste
A la solennité d'vne si belle Feste,
Et que dans Ctesiphonte, à la clarté des feux
On exerce en public les Dances & les jeux.
Mais nostre mescontent qui parle auec Zopire,
Prend sa route vers nous, & moy ie me retire,
C'est à vous qu'il en veut.

PHARNACE à Zopire.

Allez, n'y manquez pas.

ARCOMENE.

Il m'adresse en effet ses regards & ses pas.

SIDONIE.

Ie deuine à peu pres le sujet qui l'ameine.

SCENE SECONDE.

PHARNACE ARCOMENE.

PHARNACE.

IE n'aurois iamais creu que le sage Arcomene
Luy de qui la prudence est sans comparaison,
M'eust fasché sans profit, ou du moins sans raison,
Ny qu'il eust entrepris en vn fait qui m'importe,
D'exclure du Conseil vn Prince de ma sorte,
Qui reçoit des pensers & de l'âge & du sang,
Dignes de son courage, & dignes de son rang;
Tandis que dans Hammon i'eschauffe ma priere
Pour les prosperitez de la Reyne ma mere.
On fait dans Ctesiphonte vn Hymen important
Sans s'informer beaucoup si i'en seray content,
Et par vne licence à nulle autre seconde,
On me traite de foible aux yeux de tout le monde.
Mais ce que i'entreprens fera voir en tout cas
Que ie sens vne iniure, & ne la souffre pas.

ARCOMENE.

Le mescontentement que montre vostre Altesse
Me seroit vn suiet d'eternelle tristesse
Si ma pure innocence où ie me doy fier
Ne me donnoit moyen de me iustifier.
Il est vray que sans vous & sans vostre suffrage
La Reyne vostre Mere a fait ce Mariage:
Mais auec cette veuë & ce iuste penser,
De vous plaire plustost que de vous offencer.
De fait, puis que sa mort vous destine vn Thiare,
Dont le plus grand esclat vient du grand Cinaxare.
Pharnace à dire vray deuoit estre rauy
Du bon-heur d'vn Heros qui l'a si bien seruy;
Puis quand ainsi seroit qu'vn mouuement contraire
Eust porté Beremynthe au vœu de cette affaire:
Auec quelle raison pourrois-ie estre blasmé
D'acheuer vn projet que la Reyne a formé?
Pour estre son Ministre, ay ie assez de puissance
Pour ranger son esprit sous mon obeissance?
Ie propose, ie parle, & ie connoy de tout:
Mais elle delibere, elle agit, & resout;
Comme elle est Souueraine, elle est independa nte,
Tousiours imperieuse, & iamais imprudente:
Si bien qu'en cét Hymen qui vous a tant surpris,
Vous voyez son humeur, & non pas son mespris.

D iij

SIDONIE,

PHARNACE.

Cette humeur pour le moins marque vne indifference
Qui de fort peu d'estime à beaucoup d'apparence,
Et iamais mon esprit ne sera satisfait,
Qu'on ne m'en ayt osté l'apparence & l'effait.

ARCOMENE.

Vous vous plaignez d'vn mal dont ie ne suis pas cause.

PHARNACE.

Ie veux le croire ainsi, parlons donc d'autre chose,
Et sans perdre le temps en discours superflus,
Entrons dans vn propos qui nous agréra plus:
Arcomene, en deux mots qui pourront vous surprendre,
Il faut absolument que ie sois vostre Gendre.

ARCOMENE.

Vous mon Gendre, Seigneur?
PHARNACE.
            Oüy moy, certainement.
Ne doutez du dessein ny de l'euenement.

ARCOMENE.

Pour vn si grand dessein il faudroit que ma fille
Fust au moins comme vous de Royalle famille:

Voſtre cœur eſt trop haut pour vn objet ſi bas,
Puis la Reyne & l'Eſtat n'y conſentiroient pas.

PHARNACE.

Ils y conſentiront auec beaucoup de ioye.

ARCOMENE.

Pour croire ce prodige il faut que ie le voye.

PHARNACE.

Vous le verrez bien toſt.

ARCOMENE.

> *M'en preſeruent les Dieux.*

PHARNACE.

Et quoy, le ſang Royal vous eſt-il odieux?
Ou hayſſez-vous tant mon bon heur & le voſtre?

ARCOMENE.

Ce ſeroit vn malheur & pour l'vn & pour l'autre,
L'hymen de Cinaxare à ma fille promis,
Sans vn trop grand affront ne peut eſtre remis.
Seigneur, à dire vray, voſtre Alteſſe ſe trompe
De croire que iamais cét Affaire ſe rompe,

La Reyne qui l'a fait le presse chaudement,
Et i'y vay trauailler par son commandement.

PHARNACE.

Pharnace de sa part vous promet au contraire,
Qu'il s'en va trauailler afin de le deffaire,
Et qu'en si beau moyen de pouuoir ce qu'il veut,
Ayant fait ce qu'il doit, il fera ce qu'il peut.

SCENE TROISIESME.

ARISTE'E PHARNACE.

ARISTE'E.

S Eigneur, vostre entreprise a-t'elle eu bonne issuë?
Vostre plainte d'Estat a-t'elle esté receuë?

PHARNACE.

Aristée, il est vray que suiuant mon dessein
I'ay montré le dépit que i'auois dans le sein;
En termes toutesfois que le deuoir suggere
De Sujet à sa Reyne, & de Fils à sa Mere.
Excepté sur la fin qu'à force de mépris,
Cette Ame Imperieuse a choqué mes Esprits.

Alors

Alors pour dire vray, ma colere eſt ſortie
Des bornes du reſpect & de la modeſtie.

ARISTEE.

I'ay bien crû que la choſe arriueroit ainſi.

PHARNACE.

N'importe, mon deſſein a touſiours reüſſy.
Ie me rends à moy-meſme vn noble teſmoignage,
Sinon de ma puiſſance, au moins de mon courage,
Et ie donne à la Reyne vn ſentiment de moy
Digne de ma fortune & du tiltre de Roy.
Quoy? ſouffrir en ma gloire vne publique attainte
Sans en faire aux Auteurs vne ſecrette plainte,
Ce ſeroit vn ſilence & laſche & criminel,
Qui me rendroit l'objet d'vn mépris eternel.
Qui m'oſteroit l'eſtime & l'amour des Prouinces,
Qui me feroit la fable & la honte des Princes.
Non, quelque empeſchement qu'on y puiſſe apporter,
Sidonie eſt vn Bien qu'on ne ſçauroit m'oſter.

ARISTEE.

Sidonie eſt vn Bien de luy meſme eſtimable,
Mais qui ſans intereſt vous ſeroit moins aymable.

E

PHARNACE.

Il est vray, son destin & mon ambition
Adioustent quelque chose à mon affection.
Or puis que ma fortune & l'honneur de l'Empire
Font presque tout mon droit à l'Hymen où i'aspire.
Auiourd'huy que la Reyne auec toute sa Cour
Prepare à mon Riual vn triomphe d'Amour.
Au plus beau de la pompe à laquelle on s'appreste,
Ie veux troubler la paix & l'ordre de la Feste,
Et rendant auec eux tout vn peuple estonné,
Me seruir du moyen que le Ciel m'a donné.

ARISTEE.

Mais puis que ce moyen si cher à l'Armenie,
Sans dispute & sans bruit vous donne Sidonie,
Que ne l'auez-vous dit pour auoir plustost fait,
La Reyne asseurément vous auroit satisfait ?

PHARNACE.

Parce que son aigreur de cent mépris suiuie,
M'en a rauy d'abord & le temps & l'enuie,
Parce que nos esprits l'vn par l'autre picquez,
Presque insensiblement se font entrechoquez.

SCENE QVATRIESME.

CINAXARE. ZOPIRE.

CINAXARE.

Ovy, ie penſe en effet qu'elle le fauoriſe,
Et dans ſa paſſion, & dans ſon entrepriſe.

ZOPIRE.

Chaſſez cette penſée, ou ne la croyez pas.

CINAXARE.

Ha! que l'ambition a de puiſſans appas,
Et qu'on void rarement vne femme conſtante
Parmy les vanitez d'vn Sceptre qui la tente.

ZOPIRE.

C'eſt trop toſt s'affliger & conclure à ſon mal.

CINAXARE.

Voy quelle eſt ma Maiſtreſſe, & quel eſt mon Riual.

E ij

Dans ce corps delicat vne ame d'Amazone
Nourrit des fentimens qui font dignes du Trofne,
Et ce puiffant Riual eft en condition
De fatisfaire vn iour à fon ambition;
Par ton propre rapport, il affeure luy-mefme,
Que depuis mon depart elle fouffre qu'il l'ayme;
Il marque la faifon, le lieu, l'heure & le iour
Que la premiere fois il luy parla d'Amour.
Nous voyons toutesfois que maintenant encore
Elle en fait vn fecret, & croit que ie l'ignore.
Non, non, elle me trompe, ou ie fuis bien trompé,
Et fait agir le bras dont ie me fens frappé.

ZOPIRE.

Voftre humeur ce me femble auroit meilleure grace
De tourner fes foupçons du cofté de Pharnace;
Vous feriez beaucoup mieux & pour elle & pour vous
De le croire impofteur, que d'en eftre ialoux :
Voyant que pour vous nuire il ne peut autre chofe,
Il murmure, il menace, il inuente, il impofe;
En fin il euapore, & montre fon defpit
Par les chofes qu'il fait, & par celles qu'il dit.

CINAXARE.

A l'efclat des raifons dont ta voix me confole,
L'ombre de mon foupçon fe diffipe & s'enuole.

Mais pour forcer ce Monstre à ne plus reuenir,
Ie veux voir Sidonie, & l'en entretenir.
Retourne cependant vers celuy qui t'enuoye,
Prepare moy son ame auant que ie le voye,
Dy luy que mon bon heur tout extresme qu'il est,
Ne me contente point parce qu'il luy déplaist;
Peut-estre cét Esprit qui veut qu'on luy defere,
Par mes soumbißions se pourra satisfaire.

SCENE CINQVIESME.

SIDONIE. CINAXARE.

SIDONIE.

O V *va le cher Zopire?*

CINAXARE.

Où ie le fais aller
Madame; vers le Prince afin de luy parler.

SIDONIE.

Et sur quoy, Cinaxare?

E iij

SIDONIE,

CINAXARE.

Helas! sur vne chose
Que vous sçauez, possible, & dont vous estes cause.

SIDONIE.

C'est par discretion que ie vous ay caché
Le sujet de l'ennuy dont ie vous croy touché;
I'en suis cause en effet : mais c'est comme la Terre
Est cause des vapeurs qui forment le Tonnerre
Alors que le Soleil les tire de son sein;
Et malgré sa froideur, & contre son dessein,
Ie cause de la sorte en l'esprit de Pharnace
Ce Tonnerre grondant dont l'esclat nous menace.

CINAXARE.

Ce grand bruit qui sur nous esclate maintenant,
Au triste Cinaxare est vn bruit estonnant.
Mais à l'ambitieuse & grande Sidonie,
C'est l'agreable son d'vne douce harmonie.

SIDONIE.

Il ne luy sçauroit estre vn agreable son,
Puis qu'il vous met en peine, et possible en soupçon.
La tristesse où ie suis deuroit bien vous apprendre
Qu'il me surprend autant qu'il vous sçauroit surprêdre.

CINAXARE.

Les choses toutesfois qu'on veut et qu'on attend,
A mon opinion ne surprennent pas tant.
Vous ne m'auiez pas dit qu'auant que ie reuinsse,
Vous receuieȥ souuent des visites du Prince,
Et que depuis vn an que ie suis esloigné,
Il vous a par ses soins son Amour tesmoigné;
Qu'il prit l'occasion dans le Temple d'Hercule
De vous entretenir du beau feu qui le brûle :
Et vous m'auez bien teu les douceurs qu'il vous dit,
La foy qu'il vous iura, les sermens qu'il vous fit.
Voudriez vous démentir vostre cœur qui l'auoüe,
Par ce beau vermillon qui vous monte à la ioüe ?
Ou ne direz vous point qu'en cette occasion
Mon humeur soupçonneuse a fait ma vision ?
Ouy, ie n'attens de vous que cette repartie.

SIDONIE.

Non, mais ie diray bien qu'elle est cause en partie
Que la discretion m'a tousiours conseillé
De vous taire vn secret qui vous auroit broüillé.

CINAXARE.

O de l'humeur du sexe espouuantable espreuue !
Qu'estes-vous deuenus, où faut-il qu'on vous treuue,

Honneur, Amour, Conftance ?

SIDONIE.

Au milieu de mon cœu
Où ie traite Pharnace auec toute rigueur.
Cher & parfait object d'vne amitié parfaite,
Ie reconnois trop tard la faute que i'ay faite,
D'auoir fait efloigner iufques à fon retour
L'innocente moiffon des fruicts de noftre Amour;
La peur de luy donner aucun fuiet de plainte
De noftre chafte Hymen a differé l'eftrainte;
Et ie voy maintenant au malheur qui me fuit,
Que la difcretion eft vn bien qui me nuit.

CINAXARE.

C'eft bien fait, Sidonie, il faut eftre difcrete,
Et tenir tant qu'on peut vne amitié fecrette.
Ainfi dans leurs deffeins en vfent auiourd'huy
Celles qui comme vous veulent tromper autruy.
Ainfi toufiours fans peine vn cœur comme le voftre,
Suit vn nouuel obiect en l'abfence d'vn autre.
Ainfi la foy promife, Ainfi la loyauté
N'eft qu'vn phantofme vain deuant la Royauté.
Il n'eft rien de fi beau que d'eftre Souueraine,
Sur tout quand de Sujete on peut fe faire Reyne.

Suiuez,

Suiuez, suiuez le cours de vos prosperitez,
Qui sont moindres encor que vous ne meritez,
Les deux Sceptres vnis de Pont & d'Armenie,
Rempliront dignement la main de Sidonie :
Ie verray sans regret, mais non pas sans douleur,
Et son bonheur supresme, & mon dernier malheur.
En vain ma passion entreprend sa deffence,
Puis que son propre adueu confirme son offence,
Puis que mille raisons plus claires que le iour
Montrent sa perfidie aux yeux de mon Amour;
La passion du Trosne, à son Ame attachée,
La recherche du Prince & soufferte & cachée,
Ce qui suit son retour, ce qui l'a precedé,
En sa seule faueur nostre Hymen retardé,
Cette melancolie où l'a tantost iettée
La crainte de la nopce entre nous arrestée,
Ce Lyon rauissant, ce songe fabuleux,
Et qu'a fait en veillant vn esprit frauduleux,
Pour feindre du Destin en la fraude qu'il trame,
Et pour adroitement y preparer mon Ame;
En fin tout me fait voir qu'on ne peut sagement
Douter de ma disgrace & de son changement.

SIDONIE.

D'vn nuage d'erreur vostre Ame enuironnée,
Vous empesche de voir ma vertu soupçonnée

Dans la mauuaise humeur où vous estes pour moy,
Ie tascherois en vain de vous prouuer ma foy ;
Tantost parauenture estant plus raisonnable,
Aux yeux de vostre Amour ie seray moins coupable,
Et vous connestrez mieux les sentimens d'vn cœur
Qui n'eût iamais que vous de Maistre & de Vain-
　　queur.

CINAXARE.

Pensez-vous m'endormir de ces termes friuoles,
Lors que vos actions démentent vos paroles ?
Cessez, cessez ingrate & perfide Beauté,
De joindre l'artifice à l'infidelité.

SIDONIE.

Ie reçois comme il faut cét iniuste langage.
Adieu, ie suis constante, & vous n'estes pas sage.

CINAXARE.

O Dieux ! dans vn malheur si sensible & si grand,
Sauuez du desespoir ma Vertu qui se rend.
Mais fust-elle cent fois plus aymable & plus belle,
Perdons-là sans regret puis qu'elle est infidelle,
Nostre Amour est vn Dieu genereux & vainqueur
Qui ne sçauroit souffrir de victime sans cœur.

SCENE SIXIESME.

PHARNACE. CINAXARE. ZOPIRE.

PHARNACE.

Cinaxare,

CINAXARE.

Seigneur.

PHARNACE.

Apres ce que Zopire
Par mon commandement s'est chargé de vous dire
Vous m'eußiez pleu beaucoup, & beaucoup obligé
De quitter un deßein où ie suis engagé,
Ma priere, mon rang, la raison, la prudence,
Bref tout vous obligeoit à cette deference;
D'un esprit toutefois contredisant & vain,
Au lieu de me seruir vous me nuisez soubs main,
Vous portez Sidonie au mépris de ma flâme,
M'aigrißez son Esprit, m'effarouchez son Ame,

F ÿ

SIDONIE,

Et luy faites de moy les plus vilains pourtraits
Dont la main d'vn Riual puisse acheuer les traits.

CINAXARE.

Seigneur, auec respect, souffrez que ie vous die
Que vous connoissez mal le Prince de Lydie,
Et que vous en feriez vn meilleur iugement
Si la clarté du vostre agissoit librement ;
Entre les passions l'Amour est la premiere
Qui du raisonnement offusque la lumiere.
Sans doute son bandeau vous empesche de voir
Que i'ay tousiours suiuy l'honneur & le deuoir.
L'art de nuire sous main par vn mauuais langage
Veut de lasches moyens dont i'ignore l'vsage
Pour former le dessein d'vn outrage couuert ;
I'ay l'ame trop bien faite & le cœur trop ouuert.

PHARNACE.

Qui peut donc obliger l'esprit de Sidonie
Au refus obstiné du Sceptre d'Armenie ?

ZOPIRE.

Vne commune erreur les abuse tous deux.

ZOPIRE.

Vous ne la croyez pas si contraire à vos vœux.

Non: durant mon absence & le cours d'vne Année,
Vous l'auez trop long-temps & trop bien gouuernée,
Pour n'auoir pas remply son cœur ambitieux
De l'espoir d'vn Hymen qui l'approche des Cieux.
Et ie ne comprens pas par quelle estrange feinte
Vous me chargez d'vn mal dont ie souffre l'attainte,
Ny pourquoy vostre Altesse en me perçant le cœur,
Me persecute encor d'vn langage mocqueur.

PHARNACE.

Mon humeur est mal propre à souffrir vne audace
Qui raille à contre-temps & de mauuaise grace.

CINAXARE.

Mon Rang & le respect que i'eus tousiours pour vous,
Vous obligent Seigneur, à des termes plus doux.
En fin ie suis né Prince.

PHARNACE.

Ouy, mais Prince sans Terres.

CINAXARE.

Tel seriez-vous possible apres vingt ans de guerres,
Et tel assurément seriez-vous auiourd'huy,
Si vous n'estiez puissant par la force d'Autruy.

Les armes du Perſan à mes Peres fatales,
Auroient rendu ſans moy nos fortunes eſgales,
Et de voſtre maiſon les Sceptres arrachez,
Vous ſouffririez le ſort que vous me reprochez.

PHARNACE.

Il eſt vray que ſans vous nous ſerions bien à plaindre.

CINAXARE.

Il eſt vray que ſans nous, vous ſeriez moins à craindre.

PHARNACE.

Vous eſtes aſſez vain pour vous l'imaginer.

CINAXARE.

C'eſt vne vanité que ie puis me donner.

PHARNACE.

C'eſt vne vanité d'où vient vne inſolence,
Qui pourroit m'emporter à quelque violence.

CINAXARE.

S'ouffrant ſans m'ébranler ce diſcours violent,
Il paroiſt en effet que ie ſuis inſolent.

PHARNACE.

Vous l'eſtes pour le moins aux choſes que vous faites.
Mais penſez qui ie ſuis ; regardez qui vous eſtes :
Comparez nos Deſtins, & pour concluſion,
Ne ſollicitez point voſtre confuſion.
Departez vous ſans bruit d'vne entrepriſe vaine
Qui pourroit à la fin vous chargèr de ma haine.

CINAXARE.

La Reyne ſeulement pourroit parler ainſi.

PHARNACE.

Ie vous monſtreray bien que ie le puis außi,
Et que l'irreuerence attire la diſgrace.

CINAXARE.

Vn cœur comme le mien s'aſſure à la menace.

PHARNACE.

Ha ! c'eſt trop enduré, mets l'eſpée à la main
Inſolent ; ou la mienne.

Il met
lamain
à l'eſpée

ZOPIRE.

Empeſchons ſon deſſein.

Que faites-vous Seigneur, & que voulez-vous faire?

PHARNACE.

Punir auec iuſtice vn Riual temeraire.
Sus donc Amant ſans peur, Illuſtre Conquerant,
Acheuons noblement ce noble different,
La Beauté qui l'eſmeut vaut bien vn coup d'Eſpée.

CINAXARE.

Que la voſtre pluſtoſt dans mon ſang ſoit trempée,
Le reſpect me retient.

PHARNACE.

Et la peur du Trépas.

CINAXARE.

Eſprouuez, ma vertu : mais ne la preſſez pas.
Enfin.

SCENE

SCENE SEPTIESME.

**LA REYNE. PHARNACE. CINAXARE.
CEPHISE. ARISTEE. Trouppe de Filles.**

REYNE *sortant de sa chambre.*

D'Où vient le bruit que nous venons d'entendre ?

PHARNACE *qui ne voit pas la Reyne.*

Voilà ce grand Cyrus & ce braue Alexandre.

REYNE.

Dieux! qu'est ce que i'entens, & qu'est-ce que ie voy?

ZOPIRE.

Seigneurs, voicy la Reyne.

REYNE.

*A moy Gardes, à moy:
Comment: Dans mon Palais ? à deux pas de ma porte;
D'où vient cette fureur? Quel Demon vous transporte?*

G

SIDONIE,

C'eſt trop, voſtre inſolence eſt grande au dernier point,
Et mon authorité ne la ſouffrira point.

PHARNACE.

L'inſolence d'vn autre a prouoqué la mienne.

REYNE.

Ie connois dés long-temps voſtre humeur & la ſienne,
Vous ne ſçauriez iamais me le rendre ſuſpect,
Et voſtre ſeule audace eſgalle ſon reſpect.

CINAXARE.

La generoſité veut que ie me retire.

REYNE,

Demeurez Cinaxare, & vous auſſi Zopire.
Ie veux bien à deſſein luy montrer deuant Tous,
Que ſa temerité m'offence plus que Vous.
En faits comme en diſcours voſtre inſolence extreſme
Paſſe viſiblement iuſqu'à mon Diadeſme,
Quand d'vn bras parricide, & d'vn fer ennemy,
Vous voulez renuerſer ceux qui l'ont affermy.
Ingrat, oſez-vous bien-attaquer vne vie
Sans qui la liberté nous euſt eſté rauie?
Pouuez-vous trauerſer le bon-heur d'vn Heros,
Dont la peine a produit noſtre commun repos?

Auez-vous oublié ses insignes Seruices,
Et que l'ingratitude est le plus noir des Vices ?
Mais quand vous auriez mis en eternel oubly
Qu'il soustient mon Estat, & qu'il l'a r'estably ;
Le bien que ie luy veux vous le d'eust rendre aymable,
Et le cas que i'en fay vous le rendre estimable.
Vous deuiez respecter la maiesté du lieu,
Penser que mon Palais est le Temple d'vn Dieu,
Que l'Asyle en est sainct, & qu'on ne peut sans crime
Perdre le sentiment du respect qu'il imprime :
Vostre indiscretion dont mes yeux sont tesmoins,
Connoissant ce respect la perdu neantmoins.
Vous montrez maintenant vne certaine audace,
D'aussi mauuaise odeur que de mauuaise grace :
Vous auez rapporté du voyage d'Ammon
Vn esprit de reuolte, vn orgueilleux Demon
Qui vous enfle le cœur, & desia vous inspire
Le mespris insolent du ioug de mon Empire.
Mais quelques mouuemens qu'il vous ait inspirez,
I'y donneray bon ordre, & vous en asseurez.
C'est assez qu'Aristée est tesmoin oculaire
Du sujet qui sur vous embrase ma colere.
I'espargne peu mon sang quand il est corrompu,
Et que pour le purger i'ay fait ce que i'ay pû.
Suiuez-moy Cinaxare.

SCENE DERNIERE.

PHARNACE. ARISTEE.

PHARNACE.

E T *bien ſage Ariſtée,*
Maintenant que la vague eſt ſi fort irritée,
Quel Art, ou quel effort nous pourra garentir
Du naufrage apparent qu'on nous fait préſentir ?

ARISTE'E.

Seigneur, l'orage eſt grand : mais auant que la Reyne
Faſſe eſclater ſur vous les effets de ſa haine.
Il ſeroit à propos que la ſoubmiſſion
Vous regaignaſt ſa grace & ſon affection.
Sans tarder dauantage à diuulguer l'Oracle,
Qui met à cet Hymen vn legitime obſtacle,
Rejettant ſur l'Amour ce dernier accident,
Où vous auez parû plus hardy que prudent :
Car ie n'approuue point (ſouffrez que ie le die)
Ce que vous auez fait au Prince de Lydie.

PHARNACE.

Il est vray que i'ay tort, & que trop promptement
Ie me suis laissé vaincre à mon réfentiment.
I'accuse ma foiblesse, & connois à ma honte
Les deffauts d'vne humeur si boüillante & si prompte:
Mais ma sœur vient à moy d'vn pas precipité.

CEPHISE.

Songez s'il est possible à vostre seureté,
La Reyne a commandé qu'on redoublast sa garde.
Seigneur, assurément cét ordre vous regarde ;
Et quoy que Cinaxare ayt soin de l'adoucir,
Sa generosité n'y sçauroit reüssir :
Son ame est indignée autant qu'on le peut estre,
Comme l'euenement vous le fera connestre ;
Et ie ne pense pas qu'il vous soit bien aysé
De reparer le mal que vous auez causé.

PHARNACE.

Rien moins, le Dieu d'Ammon qui garde cét Empire
Fera venir la Reyne au poinct que ie desire.

CEPHISE.

C'est peut-estre vn Oracle?

G iij

PHARNACE.

Il est vray c'en est vn,
Qui m'appelle au bon-heur d'vn destin non commun.

CEPHISE.

Mais ne craignez-vous point que la Reyne, ou quel-
que autre,
Luy donne vn sens côtraire, ou peu semblable au vostre ?

PHARNACE.

Non, non, en quelque sens qu'on le puisse tirer,
I'ay droit de ne rien craindre, & de tout esperer,
Pour maintenir ma cause en cette conioncture,
I'ay la Religion, l'Estat, & la Nature ;
Et fondant mon dessein sur de si bons appuis,
Qui peut le renuerser estant ce que ie suis ?

Fin du Second Acte.

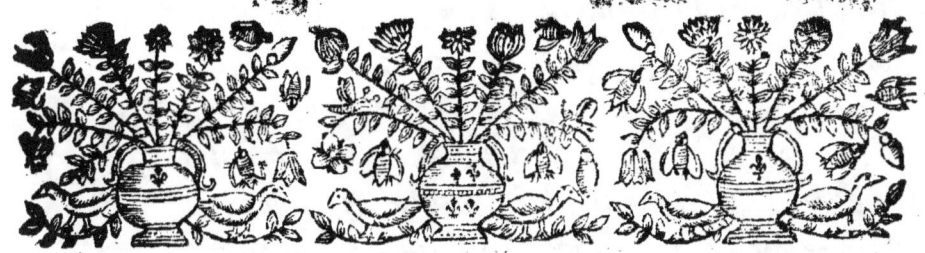

ACTE III.

SCENE PREMIERE.

CINAXARE. ZOPIRE.

CINAXARE.

ON, non, c'est fait de moy, ma perte est
    asseurée,
L'Amour, le Sort, la Terre, & les Cieux
    l'ont iurée :
Car si l'Oracle est vray, comme on n'en doute point,
Vn bon-heur si parfait a sa promesse est ioint,
Que de force ou de gré, de iustice ou de grace,
Il faut qu'on l'accomplisse en faueur de Pharnace.

ZOPIRE.

Tant de douleur pour vous a troublé mes Esprits,
Que mesme en le lisant ie ne l'ay pas compris.

Peut estre à l'expliquer.

CINAXARE.

En vain tu me consoles,
Il me perd clairement , en voicy les paroles:
Mais ie veux que Zopire obserue auparauant
Les traces du malheur qui me va poursuiuant;

Pour atteindre plustost ou mon Amour aspire,
I'acquiers par mes trauaux la paix à cét Empire.
La Reyne fait dessein de me recompenser,
D'vn bien dont la valeur excede le penser.
Pharnace pour Ammon prend la route d'Affrique,
Porteur enuers le Dieu àe l'offrande publique:
On remet nostre Hymen iusques à son retour.
Mon cœur pour l'aduancer fait mille vœux le iour;
Il reuient, & voicy que sa recherche ouuerte
Du iour de mon salut fait celuy de ma perte:
Car par occasion de la chose & du lieu,
Sur nostre mariage il consulte le Dieu,
Et le Dieu qui s'oppose au bon-heur de ma vie,
A celuy de la sienne en ces mots le conuie.

ORACLE.

La Merueille que tu cheris
Du plus heureux des Roys & des Maris

Fera

Fera la Deſtinée;
Et les Dieux l'ayment tant,
Que de ſon Hymenée
Dépend tout le bon heur du Sceptre qui t'attend.

ZOPIRE.

Il eſt vray que des Dieux la ſecrette penſée
En termes plus expres ne peut eſtre enoncée,
Et iamais leurs Deuins n'ont dit la verité
Auec plus d'aſſurance & moins d'obſcurité.

CINAXARE.

Dis pluſtoſt que iamais la celeſte colere
Ne parut à mortel plus ſenſible ou plus claire,
Et que iamais Amant ne fut chargé d'Ennuis,
Ny preſſé de malheurs au poinct que ie le ſuis :
Toy ſeul entre les Dieux qui lances le Tonnerre,
Monarque vniuerſel du Ciel & de la Terre,
Quel crime ay ie commis, qu'vn ſi grand châtiment
Me teſmoigne ta Haine & ton reſſentiment ?
Tes Preſtres, tes Autels, contre leurs priuileges
Ont-ils ſenty l'effort de mes mains ſacrileges ?
Les vaſes & les lieux qui te ſont deſtinez,
Les ay-ie diuertis, les ay-ie prophanez ?
La Guerre en ſes trauaux, la Paix en ſes delices,
M'ont elles veu manquer à tes ſaints Sacrifices ?

H

Ou quels riches Butins ont mes combats suiuis,
Que tousiours tes Autels n'en ayent esté seruis ?
Ton Prestre cependant en sa fureur Diuine,
Prononce à mon Riual l'arrest de ma ruine,
Payant de tout mon bien sa curiosité,
Au mépris de ma flâme & de ma Pieté.
Ie sçay trop que cette Ame à l'artifice instruite,
D'vn pretexte amoureux honore sa poursuite :
Mais bien que Sidonie ayt de puissans attraits,
Ceux de l'ambition le touchent de plus pres.

ZOPIRE,

Cette aduanture estrange autant qu'inopinée,
Doit bien iustifier sa vertu soupçonnée,
Et vous rendre certain que cette nouueauté
N'est point l'ouurage noir de sa desloyauté :
Tantost que de l'Oracle elle a sceu la nouuelle,
(C'estoit dans l'antichambre où i'estois auec elle.)
Il est vray qu'vne prompte & mortelle douleur,
A terny de son teint l'esclat & la couleur,
Et qu'vne defaillance incapable de feinte,
A montré que son ame est viuement atteinte.

CINAXARE,

O Dieux ! que ce discours tout funeste qu'il est,
En me prouuant sa foy, me console & me plaist.

Tu crois donc, cher amy, qu'elle plaint ma disgrace,
Qu'elle ne consent point au dessein de Pharnace,
Que d'vn nouuel Amant l'esclatante grandeur
Ne ma rien emporté de sa premiere ardeur,
Et qu'il n'a pas sujet?

ZOPIRE.

Non Seigneur, au contraire,
Par l'insulte outrageux qu'il vous a voulu faire;
Iugez du traitement qu'il en auoit receu.
Mauuais au dernier point, & tel que ie l'ay sceu;
Croyez moy, si Pharnace auoit ce qu'il desire,
Il se fust contenté de railler & de rire;
Vostre sage conduite en cette occasion,
L'a remply de regret & de confusion:
La Reyne qui l'a veüe en est plus satisfaite,
Que d'aucune action que Cinaxare ayt faite,
Et iamais ce grand cœur ne laissera passer
La moindre occasion de la recompenser.
Cet acte de respect vous tient place aupres d'elle
D'vn nouuel Orateur eloquent & fidelle,
Qui peut auec effet luy mettre dans le sein
L'ardeur de persister en son premier dessein.
Mesnagez cependant auec vn peu d'adresse
Les Esprits d'Arcomeine et de vostre Maistresse.

H ij

CINAXARE.

Bien que ton eloquence ayt assez de vertu
Pour vn peu releuer mon courage abbatu,
Mille raisons de peur, que mon malheur m'inspire,
Font que ce foible Espoir aussi tost se retire.

ZOPIRE.

La Beauté qui paroist le fera reuenir:
Adieu, prenez le temps de vous entretenir.

SCENE SECONDE.

SIDONIE. CINAXARE.

SIDONIE.

ET bien iniuste Amant, nourrissez-vous encore
Vn Serpent qui me tuë au poinct qu'il vous de-
uore :
Vne chimere vaine, vn phantosme trompeur,
Que la moindre raison eust reduite en vapeur,
Si par vne foiblesse à peine imaginable,
Vous n'auiez entrepris d'estre desraisonnable ?

Si vous n'auiez iuré d'offencer mon Amour,
Et de fermer les yeux à la clarté du iour.
Apres deux ans d'ardeur tant de fois tefmoignee,
Aprés tant de fermens qui l'ont accompagnee,
Mon cœur (dans le foupçon que vous auez de moy)
Eft fans Religion auffi bien que fans foy.
Ainfi vous m'appellez par vne feule iniure,
Ambitieufe, ingrate, inconftante & pariure,
Et de peur de me faire vn outrage commun,
Affemblez contre moy tous ces crimes en vn;
Sont-ce là les effets de la parfaite eftime
Qui doit accompagner vne Amour legitime?
Quel ennemy iuré de mon contentement
Me traiteroit plus mal, ou plus iniuftement?
A moins que d'efclater, ou de prendre la fuite,
Pouuois-ie de Pharnace euiter la pourfuite,
Ny defcouurir fon feu que i'ay toufiours caché,
Sans vous dire vn fecret qui vous auroit fafché?
D'ailleurs, voulant ofter à cette humeur altiere,
De tout fujet de plainte, & pretexte & matiere;
Ie fus caufe en effet de ce retardement
Qui nous caufe luy mefme vn fi grand changement.
Mais ie n'auois pas leu dans la voûte celefte,
Que ma difcretion me d'euft eftre funefte,
Ny penfé qu'vn Amant que i'eftimois parfait,
Euft joint à mes malheurs l'outrage qu'il me fait.

Croirez vous point encor que d'vn Art hypocrite
Ie montre la Tristesse en mon visage escrite,
Que le desir du Trosne esclate dans mes yeux,
Et que i'ay fait parler les hommes & les Dieux?
Que mon ambition & mon amour peut-estre
D'vne largesse impie ont corrompu le Prestre?
En fin que peut refuer vn iniuste ialoux,
Que ie ne doiue croire ou soupçonner de vous.

CINAXARE.

Non, constante Beauté, des beautez la premiere,
Ie ne refuse plus l'esclat de la lumiere,
Vous auez dissipé la nuict de mon erreur,
Ie la voy, ie la blasme, elle me fait horreur
Priué de vostre Amour que ie perds par ma faute,
Le Trépas me rendra le repos qu'elle m'oste.
Et cét heureux Amant qui doit vous posseder,
Ioüira d'vn Tresor que ie n'ay sceu garder.

SIDONIE.

Vos soupçons qui sans doute auoient quelque apparence,
Ne m'auroient pas despleu sans leur perseuerance.
La peur, la ialousie, & le soupçon leger,
Sont foiblesses d'Amour qui peuuent obliger.
Mais c'est d'indifference vne marque assurée,
En qui n'en blasme pas l'excez & la durée;

Voſtre erreur m'a choquée, & ie vous la remets,
Auec ferme propos de n'y penſer iamais :
Quittez donc ces penſers noirs & melancoliques,
Funeſtes Conſeillers d'aduantures Tragiques,
Chaſſez le deſeſpoir, puis qu'en toutes façons
Il m'offenceroit plus que n'ont fait vos ſoupçons ;
Suffit que mes raiſons ont voſtre ame eſclairée ;
Ie l'ayme repentie & non deſeſperée.

CINAXARE.

Il eſt bien mal-ayſé qu'elle eſpere.

SIDONIE.

Et pourquoy ?

CINAXARE.

Parce que Terre & Ciel conſpirent contre moy.

SIDONIE.

La conduite des Dieux ne nous eſt pas connuë.

CINAXARE.

C'eſt d'eux & de leur part que ma perte eſt venuë.
Car enfin Sidonie à parler ſagement,
D'où viendroit à mon ſort vn heureux changement ?
Ie veux que vous m'aymiez, & que la Reyne meſme

En cette occasion tesmoigne qu'elle m'ayme.
Qui doute que le Fils du sentiment de tous,
Ne l'emporte à la fin sur la Mere & sur vous,
Et qu'Arcomene mesme auec impatience,
Ne souspire en secret apres cette alliance?

SIDONIE.

Tant s'en faut Cinaxare, il dit ouuertement
Qu'elle ne sera point de son consentement;
Son sens y contredit, son humeur y resiste,
Et iamais accident ne l'a rendu si triste.
Croyez qu'il fera tout afin de l'empescher.
I'auois ordre de luy de vous venir chercher,
Allons, il nous attend.

CINAXARE.

Faut-il donc que i'espere!

SIDONIE.

Ouy, sur la fermeté de la Fille & du Pere.

SCENE

SCENE TROISIESME.

REYNE. PHARNACE. CEPHISE. ARISTEE.
ZOPIRE.   Trouppe de Filles.

REYNE.

ET qui fçait fi l'Oracle eft veritable ou non?

ARISTE'E.

Tout le corps du College & du Temple d'Ammon,
Le fein, le caractere, & le fceau du grand Preftre,
Que voftre Majefté ne fçauroit mefconneftre.
Tant de tefmoins fi grands & fi dignes de foy,
Qui d'vne voix commune en parlent comme moy,
Doiuent de voftre efprit touchant cette aduanture,
Efloigner tout foupçon de fraude & d'impofture.

PHARNACE.

Ce feroit en plein iour douter de la clarté,
Que douter de l'Oracle ou de fa pureté.
Car tel que dans Ammon le Dieu l'a voulu rendre,
Tel que du Sanctuaire il nous l'a fait entendre.

I

Tel außi sur la foy des hommes & des Dieux :
Ce parchemin sacré le presente à vos yeux.

REYNE.

Ie ne conteste plus à moy-mesme outrageuse
Vne prediction qui m'est aduantageuse :
La voix de cét Oracle a pour moy trop d'appas,
I'en attens trop de biens pour ne le croire pas ;
Lisez-le encor vous mesme, & voyons tous ensemble
Ou ce qu'il en doit estre, ou ce qu'il nous en semble.
Voyons s'il est si clair que vous le pretendez,
Et s'il faut l'expliquer comme vous l'entendez.

ROSANIRE à Cephise.

Cinaxare est perdu, la Reyne l'abandonne.

CEPHISE.

Elle cede à la loy que l'Oracle luy donne.

PHARNACE.

Comme i'ay desia dit à vostre Majesté,
L'Amour, l'Occasion, & la Commodité,
M'ayans fait enquerir sur ce grand Hymenée,
La response du Dieu me fut ainsi donnée.

ORACLE.

La Merueille que tu cheris
Du plus heureux des Roys & des Maris,
Fera la Deftinée;
Et les Dieux l'ayment tant,
Que de fon Hymenée
Dépend tout le bon heur duSceptre qui t'attend.

Cét Oracle , Madame , apprend à l' Armenie
Que fa profperité depend de Sidonie ;
Declare ouuertement qu'on ne peut fans pecher
Retarder vn Hymen que les Dieux ont fi cher,
Et par vn tefmoignage auſſi clair que fidelle ,
Marque en termes expres l'amour que i' ay pour elle;
Amour , qui fouſtenant mon naturel actif,
Eft de tous fes tranſports l'excufe & le motif.

REYNE.

Ie croy (puis que les Dieux en rendent tefmoignage)
Qu'vn veritable amour à l'Hymen vous engage,
Et que meſlant fa flâme au feu de voftre humeur,
Il vous a fait agir auec tant de rumeur.
Cette feule raifon excufant voftre audace,
Vous remet au fentier qui conduit à ma grace,

I ij

Et vos derniers respects sont venus à propos,
Pour mon contentement & pour vostre repos.
Ce sont les seuls moyens d'auoir ma bien-veillance,
Que vous perdrez tousiours auec la violence.
Celle que Cinaxare a soufferte de vous,
Vous est iniurieuse en l'estime de tous;
Iamais cette action ne fut bien digerée,
Il faut absolument qu'elle soit reparée,
Ie le veux, il est iuste.

PHARNACE.

                    Il est iuste en effait,
Et mes ciuilitez l'ont desia satisfait.
Mais nous auons encore vne seconde affaire,
Où ie ne pense pas le pouuoir satisfaire.

REYNE.

Ses rares qualitez nous obligent pourtant,
De ne rien espargner à le rendre content :
Puis que vous succedez aux droits d'vne Couronne,
Dont il est dés long-temps la plus ferme Colomne;
Vous deuez prendre part aux obligations
Dont nous chargent tous deux ses grandes actions :
C'est vn deuoir commun dont rien ne vous exempte,
Et qu'exige en son nom l'aduanture presente.

D'où vient qu'en la dispute où l'Oracle vous met
Pour la possession des biens qu'il nous promet.
Ie vous conseille & prie autant qu'il m'est loisible
De ne le traiter pas en Riual inuincible,
Veu que sans le troubler en ses longues Amours,
La moitié du bon heur vous restera tousiours,
Puis qu'on verra tousiours le Sceptre d'Armenie
Briller par cet Hymen d'vne gloire infinie.
Cinaxare m'est cher, vous m'estes cher aussi,
Et c'est ce qui m'oblige à vous parler ainsi.
Non que tres-iustement ie ne fusse rauie
D'employer tout l'Oracle au bien de vostre vie,
Pourueu que ce grand Homme à qui nous deuons tant,
Voulust bien vous ceder la part qu'il y pretend,

CEPHISE.

Mais ce cœur genereux à qui l'Amour commande,
Ne voudra pas quitter la palme qu'il demande.

PHARNACE.

Mais ce cœur genereux fera mieux de lascher
La palme qu'aussi bien on luy doit arracher,
Que l'Amour me promet, & que l'Estat me donne;
Puis que son propre Honneur l'affecte à ma personne.
Bref, s'il est raisonnable autant que ie le suis,
Il se contentera des choses que ie puis,

Ses Respects, sa Vertu, son Esprit, sa Vaillance,
Ont gaigné mon Estime auec ma bien-veillance,
Et hors cet interest qui nous peut diuiser,
Ie seray tousiours prest à le fauoriser,
Et rauy qu'enuers luy, la fortune s'acquite,
Par vne recompense esgalle à son merite.
Mais tout consideré, ie me dois plus qu'à luy,
Et mon Bien m'est plus cher que n'est celuy d'autruy.

SCENE QVATRIESME.

CINAXARE. REYNE. PHARNACE. CEPHISE. ZOPIRE. ARISTEE. Trouppe de Filles.

CINAXARE.

MOn cœur en sa douleur sent trop de violence
Pour obliger ma bouche au respect du silence:
Dans la crainte d'vn mal que i'aurois merité,
Si ie ne m'en plaignois à vostre Maiesté.
On m'assure par tout qu'apres la foy donnée,
Elle rompt sa promesse auec mon Hymenée.
Mais desia son regard destruisant ces faux bruits,
Restablit mon Espoir & mon Repos destruits.

Bien que de ce malheur la triste Renommée
D'vne commune voix demeure confirmée.
Ie m'accuse & me blâme alors que ie la voy,
D'âuoir fait par ma crainte vne iniure à sa foy.
Ouy, la honte des Roys & la gloire des Reynes,
Ie sens à vostre aspect esuanoüir mes peines,
Et renaistre en mon cœur de sa crainte remis,
Ce legitime espoir que vous m'aüez permis ;
Ie la reclame donc pour dissiper ma crainte,
Cette Royale Foy, cette Foy Sacré sainte,
Cette Foy necessaire & preferable aux Loix :
Qui fait la seureté des Peuples & des Roys.
C'est d'elle que i'espere auec toute assurance,
Le salaire promis à ma perseuerance.

PHARNACE.

Ie sçay que cet Hymen que les Dieux ayment tant,
Doit faire le bon-heur du Sceptre qui m'attend,
Et qu'indifferemment Pharnace ou Cinaxare,
Peut estre ~~peut~~ l'instrument du bien qu'il nous prepare.
Mais, Madame, il importe au peuple Armenien
Que ie sois l'Artisan de son heur & du mien,
Afin qu'il ayt au moins cet Illustre aduantage,
De iouyr d'vne gloire exempte de partage,
Et qu'vn iour (si les Dieux me font regner sur luy)
Ie ne sois point brillant de la clarté d'autruy,

On ne doit pas tenir ce qu'on ne peut promettre,
Et la raison d'Estat n'ayant pû vous permettre
De donner Sidonie à quelque autre qu'à moy,
Il ne faut plus parler de promesse & de foy.

ARISTEE.

Puis qu'vn deuoir commun d'vne pareille chaine
Ioint la Reyne à l'Estat, & l'Estat à la Reyne,
Ny promesse ny foy ne peuuent l'obliger
D'en fonder tout l'appuy sur vn bras estranger
Au despens du bon-heur, au mespris de l'estime
D'vn Prince originaire, & d'vn fils legitime,
Qui dans cette rencontre est preferable à tous,
Pour l'amour de luy-mesme, & pour l'amour de nous.

REYNE.

Parmy tant de raisons qui confondent la mienne,
Quel ordre, & quel moyen faudra-t'il que ie tienne ?
Tous deux de mesme ardeur esgallement espris,
Dans vn mesme combat cherchent vn mesme prix.
Entre ces deux Riuaux mon ame suspenduë,
Comme en quelque Dedale à sa raison perduë,
La pieté pour l'vn, pour l'autre le deuoir,
Parle au fonds de mon cœur afin de l'emouuoir.
La iustice, & ma foy promise à Cinaxare,
Sa valeur employée au bien de mon Thiare,

Et le

Et le sang que pour nous il a voulu verser
M'obligent comme Reyne à le recompenser.
La nature d'ailleurs quelque effort que ie fasse
M'engage comme Mere au party de Pharnace;
Dans ces extremitez choisissons vn milieu
Entre mon iugement & l'Oracle du Dieu.
Remettons pour tous deux sans difference aucune
L'Espoux de Sidonie aux choix de la fortune.
Venez pour cet effet au Temple de Iunon,
Où chacun dans vn Vase ayant ietté son nom,
La main d'vn jeûne enfant non suspect d'artifice
Terminera la chose auant le Sacrifice.

PHARNACE.

Quoy, vostre Maiesté veut donc commettre au sort
Le bonheur de ma vie?

CINAXARE.

Et le coup de ma mort.

PHARNACE.

Quoy faut-il que mon droit endure violence?

CINAXARE.

Et faut il que le mien soit encore en balance?

K

SIDONIE,

REYNE.

Ouy Pharnace, il le faut, & ne contestez plus
Aussi bien vos discours sont vains & superflus;
Les Dieux maistres du sort & de l'vn & de l'autre
Decideront icy de son droit & du vostre.
Quant à vous Cinaxare, en l'estat où ie suis,
Ce que ie fais pour vous est tout ce que ie puis.

CINAXARE.

Vos ordres sont des loix que ie suy sans murmure.

PHARNACE.

Dieux que cette ordonnance est surprenante & dure!

ARISTEE.

Elle est dure en effet, mais à mon iugement
Cét equitable esprit en vse sagement.

Fin du Troisiesme Acte.

ACTE IV.

SCENE PREMIERE.

PHARNACE. ARISTÉE.

ARISTÉE.

SEIGNEVR, l'euenement à remply mon
    attente,
Sidonie eſt à vous, la Cour en eſt contente,
Et Pharnace en faueur des coniugales loix
Sera le plus heureux des Maris & des Rois.

PHARNACE.

Il eſt vray que le ſort & le droit me la donnent;
Mais le nombre & l'horreur des prodiges m'eſtonnent;
L'Idole de Iunon que l'on a veu ſuer,
L'Image du feu Roy qu'on a veu remuer,

Ce sang dont la victime à par vn noir presage
Ensanglanté ma robe & souïllé mon visage,
L'air qui soudainement en nuage espaissy,
A versé tant de pluye, & tant de gresle aussi,
Ne presagent ils pas la sinistre aduenture,
Qui doit suiure Pharnace & sa nopce future?
Outre que cette espine est tousiours dans mon cœur,
Que ie traite vn Heros auec trop de rigueur.

ARISTE'E.

Espousant vostre sœur que la Reyne luy donne,
Auec ces trois Estats qui font vne Couronne,
Vous apprendrez bien tost par sa confession
Qu'il gagne au changement de sa condition,
Et qu'vn si grand party luy rend auec vsure
Le bien que luy rauit sa derniere aduanture.

SCENE SECONDE.

CINAXARE. PHARNACE. ARISTE'E·

CINAXARE.

JE ne viens pas icy Prince tres genereux,
Pour debattre auec vous vn Trefor amoureux,
Sidonie eft à vous, le fort vous l'a donnée,
Mais la Reyne & l'Amour me l'auoient deftinée,
Mais les diuinitez de la Terre & des Cieux,
La Reyne voftre Mere et le Pere des Dieux,
Eux en qui cét Empire à fes Dieux Tutelaires
Montrent pour voftre Hymen d'exceffiues choleres:
Mais apres auoir veu ces marques de malheur,
Pour qui les Preftres mefme ont changé de couleur,
Voudriez vous bien encor fuiure vn deffein funefte,
Que la terre condamne & que le Ciel detefte?
Ie ne fuis plus en droit de vous le contefter,
Ie n'ay plus de raifons pour vous le difputer,
Sidonie, eft à vous, & ie vous l'abandonne,
Le fort me la rauit: mais l'Amour me la donne.

K iij

Il a joint nos deux Cœurs, vous ne l'ignorez point,
Ne separez donc pas ce que l'Amour à joint ;
Sidonie est à vous : mais ie vous le demande.
Asseuré qu'vn grand Prince à qui l'honneur commande
Ne refusera pas de me rendre auiourd'huy,
Le prix de tant de sang que i'ay versé pour luy.
Car enfin si Pharnace aime encor la memoire,
Des Illustres exploits que i'ay faits pour sa gloire,
S'il n'a point oublié les efforts que ie fis
Pour le commun salut de la Mere & du Fils,
Quand l'infidelité des Trouppes estrangeres
Sous la main du Persan mit deux Testes si cheres,
Quand leurs propres sujets iettant les armes bas,
Plaignoient leur infortune & ne l'empeschoient pas.
Si dise il luy souuient de ce iour memorable,
Que ie tiray l'Estat d'vn estat deplorable,
Il changera celuy de ma condition,
Ou par recognoissance ou par compassion,
Payant d'vn seul bien fait de valeur infinie,
Le rachapt de l'Empire & du sang d'Armenie.
I'attens donc aux genoux du Maistre de mon sort,
L'Arrest de mon salut ou celuy de ma mort.

PHARNACE.

Leuez vous Cinaxare ; estant ce que vous estes,
Vous deuez aux Dieux seuls l'honeur que vo° me faites

Vous gagnez ma faueur par voftre procedé,
I'ay vaincu rarement alors qu'on m'a cedé,
Vos raifons, ie l'aucüe, ont mon ame attendrie,
On me prend par mon foible alors que l'on me prie,
Et defia voftre cœur poffederoit fon bien,
Si ie fuiuois icy les mouuemens du mien.
Mais vn peu de loifir eft beaucoup neceffaire,
Pour la decifion d'vne fi grande affaire,
Il faut prendre Confeil.

CINAXARE.

N'en prenez s'il vous plaift
Que de voftre vertu.

ARISTE'E.

Que voftre intereft.
Donc vn fimple difcours va reduire en fumée
La refolution que Pharnace a formée ?
Quoy grãd Prince, eft-ce ainfi que vous nous faites voir
La fermeté d'efprit que vous deuez auoir ?
Ie fçay que voftre Alteffe en merite accomplie
Exauce volontiers la vertu qui fupplie,
Mais l'ordre & le confeil dont elle doit vfer,
C'eft d'aymer Cinaxare & de le refufer:
Toute priere iniufte alors qu'on la refufe,
Porte de fon refus la raifon & l'excufe.

C'eſt là mon ſentiment, & ie le dis tout haut,
Parce que ie le dois & parce qu'il le faut.

CINAXARE.

Laiſſez agir le Prince en ſi belle matiere,
D'exercer enuers moy ſa grace toute entiere.
Qui vous m'eut Ariſtée, & que vous ay-ie fait
Pour me la rendre vaine au point de ſon effait?

ARISTE'E.

Vous ne m'auez rien fait qui ne me ſollicite,
D'eſleuer iuſqu'au Ciel voſtre rare merite,
De changer mon deſſein ou de m'en departir
Si l'intereſt du Prince y pouuoit conſentir;
Mais deuant l'honorer & l'aymer ſur tout autre
Sans doute ſon Bon-heur m'eſt plus cher que le voſtre,
Allons, allons Seigneur, d'vn courage conſtant
Aduancer les effaits du ſort qui vous attent.

PHARNACE.

Ie crains,

ARISTE'E.

Que craignez vous?

PHARNACE.

Les Dieux qui nous menacent.

ARISTE'E.

ARISTEE.

Que ces vaines frayeurs de vostre Ame s'effacent.
Quand du Ciel irrité qui nous menace tous,
Les farouches regards s'adresseroient à vous.
S'ils ne sont adoucis auec nos Sacrifices,
Vostre Hymen en tout cas vous les fera propices,
Et par cette raison vous deuriez seulement
En auancer le terme & l'accomplissement.
Suiuez donc, s'il vous plaist, mes conseils salutaires,
Ou ie quitte à iamais le soin de vos affaires.

PHARNACE.

Ie me rends, Aristée, & vos sages aduis
Seront esgallement respectez et suiuis.
Quant à vous Cinazare, excusez-moy de grace,
Et pour mieux m'excuser mettez vous en ma place.
Ie me dois plus qu'à vous, & consens de bon cœur
Que vous tourniez vos vœux du costé de ma sœur,
Afin que desormais nostre alliance estraite
Establisse entre nous une amitié parfaite.
Adieu, l'occasion vous donnera conseil.

L

SCENE TROISIESME.

CINAXARE seul.

O Ciel! ô desespoir à nul autre pareil!
O l'injuste refus! l'ingratitude insigne,
Et de tant de trauaux la recompense indigne!
Ie n'ay donc trauaillé qu'à faire des ingrats,
Et l'honneur d'vn Empire asseuré par mon bras,
Et par luy seulement exempt de seruitude,
Fournira de pretexte à leur ingratitude?
Dieux! qui voyez ce crime enorme comme il est,
Par sa punition montrez qu'il vous déplaist.
Mais sans chercher au Ciel le secours du tonnerre,
Ayde toy des moyens que tu trouues en terre;
Laisse agir pour ton bien cette mesme valeur
Qui t'a fait l'artisan de ton propre malheur.
Prens de force & de droit ce que l'on te denie,
Opprime ce Tyran auec sa tyrannie,
Qui ne veut pas (dit-il) nous deuoir son bon heur,
Luy qui nous doit desia la franchise & l'Honneur;
Luy qui nous doit en fin cette mesme puissance,
Dont il vse enuers nous auec tant de licence.

Abbatons cét ingrat dont nous fufmes l'appuy,
Et pour le perdre mieux, perdons-nous auec luy.
Mourons, & d'vne main au meurtre abandonnée,
Efteignons dans fon fang les flambeaux d'Hymenée.
Mais l'execution de ce fanglant deffein,
Ne feroit pas l'effet d'vn iugement bien fein.
Pour punir vn ingrat, feray ie ingrat moy-mefme?
Pour perdre vn ennemy, perdray-ie ce qui m'ayme?
Puis-ie attaquer le Fils, ou refpandre fon fang,
Sans offencer la Mere & luy percer le flanc?
Dans l'aueugle fureur dont ie me fens capable,
Perdray ie l'innocent en perdant le coupable?
Elle eft ma Bien-faictrice, il eft mon Rauiffeur,
L'vn prouoque ma rage, & l'autre ma douceur.
O Deuoir! ô Refpect qui m'oftez l'allegeance,
Qu'vn efprit offencé rencontre en la vengeance.
Vous defrobez Pharnace à mon reffentiment,
Et tournez ma fureur contre moy feulement.

L ij

SCENE QVATRIESME.

SIDONIE. CINAXARE.

SIDONIE.

Sçachons quel bon effet a produit sa Harangue.
Helas! l'œil fait en luy l'office de la langue:
Et bien, tout noftre efpoir eft il mort auiourd'huy,
N'auez-vous rien gaigné?

CINAXARE.

Rien qu'vn furcroy d'ennuy.
Madame, accompagné d'vne plus forte enuie
De noyer dans mon fang les malheurs de ma vie:
I'ay flefchy les genoux, i'ay prié, i'ay gemy,
Et ie n'ay pû flefchir ce barbare ennemy;
Son ame à tout le moins qui fembloit eftre atteinte
D'vne compaffion ou veritable ou feinte,
A commencé la grace, & n'a pû l'acheuer,
Tant fa vertu qui rampe a peine à s'efleuer;
Il faut, il faut mourir, noir objet que nous fommes
De la rigueur des Dieux, & de celle des Hommes.

SIDONIE.

Cachons noſtre deſſein pour empeſcher le ſien.
Ha! ſi mon triſte cœur qui n'eſpere plus rien,
Pouuoit rendre viſible aux yeux de Cinaxare
Le ſentiment qu'il a du coup qui nous ſepare;
Il verroit des objets ſi dignes de pitié,
Que ſon affliction en croiſtroit de moitié:
Il verroit le regret que m'imprime ſa perte,
Il verroit le mépris d'vne Couronne offerte;
Il verroit que i'excelle en l'art de bien aymer,
Et que mon deſeſpoir ne ſe peut exprimer.
Le Temps qui fait tout voir, luy rendra teſmoignage
Qu'icy l'ame & la bouche ont vn meſme langage.
Cependant, ô grand Prince, il faut que la Vertu
Releue en ma faueur voſtre eſprit abbatu,
Et qu'vn peu de raiſon vous rende ſupportable
De voſtre heur & du mien la perte inéuitable.
Ie vous coniure donc, & vous commande auſſi,
(S'il m'eſt permis encor de vous parler ainſi)
De rechercher au moins dans vn ſort ſi funeſte,
Le bien que vous perdez, en celuy qui vous reſte:
La Reyne qui deſia vous auoit fait offrir.

CINAXARE.

Ha! quittez ce diſcours que ie ne puis ſouffrir.

SIDONIE.

Ne pouuant eſtre à moy, donnez vous à Cephiſe,
Et ie vous rends la foy que vous m'auez promiſe.

CINAXARE.

Ne pouuant eſtre à vous ie ne ſeray qu'à moy,
Et la mort ſeulement deſgagera ma foy.

SIDONIE.

Mais la raiſon d'Eſtat vous oblige au contraire.

CINAXARE.

Mais la raiſon d'Amour me deffend de le faire.

SIDONIE.

C'eſt pourtant vn obiet bien digne de vos vœux.

CINAXARE.

C'eſt plus que ie ne vaux, & plus que ie ne veux.

SIDONIE.

Mais Cephiſe eſt Princeſſe, elle eſt ſage, elle eſt belle.

CINAXARE.

Mais n'ayant plus de cœur ie ſuis indigne d'elle.

SIDONIE.

Vous deuez obeyr à mon commandement.

CINAXARE.

I'obeïs à l'Amour qui me parle autrement,
Et ie ne feray point fuiuant voftre ordonnance,
Vne lafche Vertu de mon obeiffance,
Indigne de ma flâme & de celle du iour,
Si i'auois preferé la Fortune a l'Amour,
Veu que par vn Deftin moins cruel que le voftre,
Ie puis en vous perdant, me perdre pour tout autre,
Et conferuer au moins en cette liberté,
Vn bon-heur qui me refte, & qui vous eft ofté.

SIDONIE.

Ce m'eft bien en effet vne double difgrace,
De perdre Cinaxare, & d'efpoufer Pharnace.
O Dieux! de ces deux maux qui me font foûpirer,
Le premier fuffiroit à me defefperer,
Sans que vous me changiez par vn trifte Hymenée,
D'Amante malheureufe, en femme infortunée.

CINAXARE.

Donc efpoufant Cephife, & par voftre confeil,
Vous voulez que mon fort au voftre foit pareil,

Vous voulez adioûter vn malheur volontaire
A celuy que le Ciel m'a rendu neceſſaire,
Vous voulez que mes feux ſoyent morts ou diuiſez;
Prendriez vous le party que vous me propoſez?

SIDONIE.

Non, Cinaxare, Non, en matiere pareille
Ie n'aurois iamais fait ce que ie vous conseille;
Croyez en voſtre amour, montrez puis qu'il vous plaiſt
Qu'elle agit plus en vous que ne fait l'intereſt,
Et dans la liberté que le Ciel vous en donne
Ne pouuant eſtre à moy, ne ſoyez à perſonne.
Mais par le droit d'Empire & d'abſolu pouuoir
Que i'ay touſiours ſur vous ou que i'y dois auoir,
Bien qu'vn iuſte regret au trépas vous conuie,
Ie deffends à vos mains d'attaquer voſtre vie.
Dont i'attens ce iour meſme vn ſeruice important
Qui demande l'appuy d'vn Courage conſtant.

CINAXARE.

Vous voulez retenir la douleur qui m'emporte.

SIDONIE.

Non, i'ay beſoin de vous en choſe qui m'importe;
Dont il eſt à propos que vous ſoyez teſmoin
Et que vous ne ſçaurez qu'à l'extreſme beſoin.

CINAXARE.

CINAXARE.

Il faut donc esloigner pour vous rendre seruice
La fin de nostre vie & de nostre supplice ;
Differons de mourir, bien qu'il soit asseuré
Que desia nostre mort vient d'auoir differé,
Puis que nostre vnion trop long-temps differée
Nous arrache des mains la palme desirée.

SIDONIE.

Ne me reprochez plus, cher & fidelle Amant,
La faute que i'ay faite en ce retardement ;
Sur tout ne croyez pas qu'elle soit impunie.

ZOPIRE suruenant.

Madame, on vous attend pour la Ceremonie,
Où Pharnace, Cephise, & Bereminte aussi
S'en vont incontinent vous conduire d'icy.

CINAXARE.

O discours qui me tuë ! ô changement estrange
Qui du bon-heur supresme au desespoir me range ;
Donc le temps est venu qu'vn Riual fortuné
Va posseder vn bien qui m'estoit destiné !
O funeste pensée, & la plus douloureuse
Qui tombera iamais dans vne ame amoureuse.

M

Mais auſſi l'heure approche, ɛꝼ le temps eſt venu
Qu'vn merite infiny doit eſtre reconnu
Par vn prix glorieux de grandeur infinie
Que ce puiſſant Hymen preſente à Sidonie.
O penſer agreable, ɛꝼ le plus amoureux
Qui puiſſe conſoler vn Amant genereux!
Ouy, Merueille du Ciel de la terre adorée,
Brillez de la ſplendeur qui vous eſt preparée:
Allez, allez combler de gloire ɛꝼ de plaiſir
Cet Eſpoux que les Dieux ont voulu vous choiſir.
Chaſſez de voſtre eſprit vn Amant deplorable,
Qui par contagion vous rendroit miſerable.
Perdez le ſouuenir de ſes triſtes Amours,
Qui de voſtre bon-heur interromproit le cours.

SIDONIE.

Que pluſtoſt ſon image en mon cœur imprimée,
Y regne touſiours ſeule, ɛꝼ touſiours bien-aymée;
Pharnace eſt mon Tyran, vous eſtes mon Eſpoux.
L'Eſtat me liure à luy, l'Amour me donne à vous:
Ie veux iuſqu'à la mort, ɛꝼ puis joindre ſans crime
Le Deſir au Deuoir, ɛꝼ l'Amour à l'Eſtime:
Adieu, noſtre entretien ne ſçauroit plus durer.

CINAXARE.

Ha! les cruels inſtans qui nous vont ſeparer,

Qui s'en vont arracher vne Ame de son Ame,
Et rompre l'vnion d'vne eftrainte de flâme.
O de tous les malheurs que ie pouuois auoir,
Le plus à redouter, & le moins à preuoir !
L'horrible changement ! l'effroyable iournée !
La malheureuse pompe, & l'iniufte Hymenée.
Ha ! la douleur m'eftouffe, & le cœur & la voix,
Que ie baife vos mains pour la derniere fois.

SIDONIE.

Adieu, fouuenez-vous de m'aymer & de viure ;
Vous fon amy fidelle, ayez foin de le fuiure,
De crainte qu'il n'adjoute en fa forte douleur,
L'homicide au veuuage, & le crime au malheur.

ZOPIRE.

Il eft bien mal-ayfé quelque foin que ie prenne,
Qu'il n'appelle fa main au fecours de fa peine.

SIDONIE.

Dites-luy que fa vie importe à mon repos.
Par cette inuention que ie trouue à propos ;
Sa douleur fufpenduë & poffible trompée,
Attendra que la mienne ayt ma trame coupée.
Il faut agir pour luy comme il agit pour toy,
Et dans vn mefme feu faire efclater ta foy ;

L ij

Il veut perdre pour toy la fortune & la vie:
A mesmes sentimens, mesme esprit te conuie.
Il refuse Cephise auec tant de beauté,
Refuse aussi Pharnace auec sa Royauté;
Et par le desespoir que l'Amour te conseille,
Montre que ta constance à la sienne est pareille:
Mets aux pieds de la Mort les Sceptres méprisez,
La Pourpre, le Thiare, offerts & refusez,
Qui de l'ambition sous l'Amour estouffée,
Formeront sur ta Tombe vn superbe Trophée.
Mais viendrons nous à bout de ce projet mortel
Auparauant qu'Hymen nous conduise à l'Autel?
Irons-nous à la mort dont le coup nous menace,
Femme de Cinaxare, & non pas de Pharnace?
Ouy, le retardement nous a desia trop nuy,
Mourons auec le bien de mourir toute à luy.
Mais empescherons-nous par nos desseins tragiques,
Le Destin glorieux des Affaires publiques?
Suiurons nous en cecy nos inclinations
Au despens du bon heur de tant de Nations?
Et cette ingratitude enuers nostre Patrie,
Rendra-t'elle à iamais nostre gloire flestrie?
Non, attendons plustost, & rendons fortuné
Vn Estat que mon Pere a si bien gouuerné.
Espousons ce Tyran que nostre ame deteste:
Mais n'approchons iamais de sa couche funeste:

Mais par vn genereux & legitime effort,
Paſſons des mains du Preſtre à celles de la Mort.
Ainſi Deuoir, Patrie, Oracle, Amour conſtante,
Vous ſereȝ ſatisfaits, & ie ſeray contente.

ROSANIRE.

La Reyne vous demande.

SIDONIE.

Ha Dieux! cache ton dueil,
Il faut aller au Temple, & du Temple au Cercueil.

Fin du Quatrieſme Acte.

ACTE V.

SCENE PREMIERE.

**LA REYNE. PHARNACE. SIDONIE.
CEPHISE. ARISTEE. ARCOMEINE.
THIAMIS. Trouppe de Filles.**

REYNE.

 Iey les
portes
du Tem-
ple s'ou-
uriront
fi l'on
veut.

OVS ſçauez, Sidonie, auec quelle con-
trainte
Ie viens d'vn nœud fatal ſolliciter l'é-
trainte,
De qui mes ſentimens ne ſont plus eſloignez
Que par l'auerſion que vous en teſmoignez.

PHARNACE.

Les Dieux qui par bonté pluſtoſt que par couſtume,
Veulent que la douceur ſuccede à l'amertume,

Changeront quelque iour ses espines en fleurs,
Et le bandeau Royal peut essuyer ses pleurs.

SIDONIE.

Ha! ne presumez pas que le Trosne ayt des charmes
Par qui l'ambition puisse essuyer mes larmes,
Ny qu'vn mal si sensible, & des feux si constans,
Puissent estre sujets à l'empire du Temps :
Sans m'éblouïr l'esprit à l'esclat des Couronnes,
I'ayme le seul merite & les seules personnes :
C'est par là qu'on me charme, & par là seulement
Que ie pourrois choisir ou laisser vn Amant.
Celuy que vous m'ostez, & par qui ie souspire,
N'a point de qualité qui ne vaille vn Empire;
Et l'on void esclater en ses moindres Vertus,
La Pourpre & le Bandeau que ses Peres ont eus.
Ie n'ayme à receuoir ny Sceptre ny Thiare,
Que des fidelles mains du vaillant Cinaxare.
Ne pretendez donc pas que ie prefere vn iour
Le Bandeau de Pharnace, au Bandeau de l'Amour.
Le mien met sous les pieds ces orgueilleuses marques
Que la Vanité met sur le front des Monarques.
Vous m'aymez (dites-vous) & mon auersion
Sera tousiours le prix de vostre affection.
Vous aymez mon Destin plustost que ma personne,
Et moy i'ayme l'horreur que la vostre me donne.

Amant ambitieux, Prince ingrat & cruel,
Qui donnez à deux cœurs vn trespas mutuel,
Et le seul des humains où regne la manie
De regner en amour auecques tyrannie.
Entrons donc dans le Temple auec tout cét esclat
Que veut la qualité de victime d'Estat,
Et que le seul respect de la chose publique,
Nous immole aux Autels de l'Amour Tyrannique ;
I'irrite vostre esprit quand ie vous parle ainsi ;
Mais qui n'espere plus, ne doit plus craindre aussi.

PHARNACE.

Par la mesme raison il faut que ie vous die
Que vous perdrez l'amour du Prince de Lydie
Qui vous fait mespriser ma personne & mes vœux :
Ou vous m'obligerez à plus que ie ne veux.
En fin vous me choquez, & ma bonté se lasse,
Perdez, ou cachez mieux ces sentimens de glace,
Et changez en estime vn iniuste mespris,
Dont vn iuste regret pourroit estre le prix.
Vous aymez (dites-vous) l'horreur que ie vous donne ;
Moy i'ayme le Bon-heur qui suit vostre personne ;
I'ayme vostre fortune, & sans elle en effet
Vous ne vous plaindrez pas de l'honeur qu'on vous fait.

SIDONIE

SIDONIE.

O Dieux qui connoiſſez, & qui faites ma peine,
Que pour moy voſtre amour eſt ſemblable à la haine!
De me faire achepter ce pitoyable honneur
Au prix de Cinaxare & de tout mon Bon-heur.

CEPHISE à Pharnace.

Voudriez-vous encourir la diſgrace & le blâme
De captiuer vn corps dont vn autre auroit l'ame?

PHARNACE.

Ouy ma ſœur, ie le veux, odieux ou chery,
De force ou d'amitié, ie ſeray ſon Mary.

ARCOMENE.

Non pas à tout le moins ſi l'on croit Arcomeine.
Ma fille, allez vous en dans la ſalle prochaine.

PHARNACE à Ariſtée.

Hors ſon contentement qu'il nous veut refuſer,
Quel obſtacle important nous peut-il oppoſer?

ARISTEE.

Aucun

N

SIDONIE,

ARCOMEINE.

Suis ie reduit au terme inéuitable
D'eſtre iniuſte ou cruel, malheureux ou coupable?
De oeſſer d'eſtre Pere, ou d'eſtre genereux,
D'eſtre heureux par vn crime, ou d'eſtre malheureux,
De renuerſer vn Troſne, ou de perdre vne fille,
Dont l'vn ſouſtient ma gloire, & l'autre ma famille.
Ouy Tendreſſe & Pitié, ie veux qu'en ce combat
Vous cediez en faueur de la Raiſon d'Eſtat,
Et faire en me perdant pour ſauuer cét Empire,
Pluſtoſt ce que ie doy, que ce que ie deſire.

REYNE,

A quoy tend ce diſcours ſi plein d'obſcurité?

ARCOMEINE.

A ma perte, au ſalut de voſtre Majeſté,
Qui mettra ſa couronne en danger manifeſte
Par ce fatal Hymen que Iupiter deteſte.

REYNE.

Ma Couronne pourtant (ſi l'Oracle n'eſt faux)
En attend mille biens.

ARCOMEINE.

Moy i'en crains mille maux.

Ainſi que mon deuoir, les prodiges me preſſent,
I'en comprens le ſecret, c'eſt à moy qu'ils s'adreſſent.
D'euſſé-ie donc parler & me perdre ſans fruit,
Ie dis, ouy, que l'Eſtat ſera bien toſt deſtruit.
Ouy, c'eſt vne creance où ie demeure ferme,
Que cette Monarchie eſt proche de ſon terme:
Ouy, ie croy que l'Empire eſt proche de ſa fin.

REYNE.

Vous ne ſçauez donc pas quel en eſt le Deſtin.
Ce que Iupiter meſme enquis ſur ſa durée,
Réſpondit autrefois au Monarque Argirée,
Et que cette reſponſe eſt encore auiourd'huy
Du Troſne qu'il fonda l'eſperance & l'appuy?

ARCOMENE.

Ie ſçay que ſa grandeur ne ſera terminée,
Que la temerité d'vn indigne Hymenée
N'ait fait voir vne Eſclaue au meſpris de nos Loix,
Dans le Troſne & le Lict de quelqu'vn de nos Rois:
Ie ſçay que de l'Eſtat la Loy fondamentale,
Deffend cette Alliance à ſa gloire fatale;
De là vient que i'augure, & crains auec raiſon
La cheute de l'Empire & de voſtre Maiſon,
Penſez y.

REYNE.

Sidonie eſt Eſclaue, à ce compte?

N ij

ARCOMEINE.

Ie l'auoüe à sa perte, ou du moins à sa honte.

REYNE.

Sidonie est Esclaue?

ARCOMEINE.

Ouy Madame, elle l'est,
Et vostre Majesté m'en croira s'il luy plaist.

PHARNACE.

Quel obstable à mon Bien? Quel prodige Aristée?

ARISTE'E.

C'est plustost vne fable à plaisir inuentée.

ARCOMEINE.

Point du tout, ma parole & mon Authorité
Doiuent estre garents de cette verité,
Que l'amour d'vn Estat dont la gloire me touche,
Aux despens de mon cœur arrache de ma bouche:
Peu sans doute en ma place en vseroient ainsi.
Mais ma charge le veut, & ie le veux aussi.

REYNE.

Quelle eſt donc Sidonie, où l'auez vous trouuée,
Et pourquoy iuſqu'icy l'auieʒ-vous eſleuée
A l'eſpoir des grands Biens qu'elle attendoit de vous?

ARCOMEINE.

I'engage encor ma foy qu'elle les aura tous.
Et deux coups de pinteau vont faire la peinture
D'vne ſi veritable & ſi triſte aduanture.
Vn ſoir deuant l'Autel de la Deeſſe Iſis,
Pour obtenir le don d'vne fille ou d'vn fils,
Vn paiſible ſommeil qui ferma mes paupieres,
Interrompit le cours de mes longues prieres,
Et ie vis en dormant cette Diuinité
Qui m'offroit vn Enfant d'excellente beauté.
L'effet rendit bien-toſt ce ſonge veritable.
Car ſuiuant à la chaſſe vn Lyon redoutable,
A qui deux coups de fleſche auoient percé le flanc,
Ie trouuay hors du bois vne trace de ſang
Qui conduiſit mes pas dans vn Antre, effroyable,
Par le tragique aſpect d'vn obiet pitoyable,
D'vne pauure Eſtrangere, à qui de part en part
Auoit ouuert le ſein d'vn mortel coup de dard:
Vn enfant au berceau vil eſclaue comme elle,
Succoit auec le laict, le ſang de ſa mamelle.

Elle fait vn grand cry me voyant approcher,
Et meurt fur fon enfant qu'elle vouloit cacher.
Ie le prens, & l'emporte auec cette penfée,
Que la Deeffe Ifis pourroit eftre offencée
Si ie ne recueillois ce fruit abandonné
Que la nuict precedente elle m'auoit donné.
Ie couuris de fablon la miferable mere,
Et pris pour fon enfant la qualité de pere;
Ma femme y confentit, & fes iours & les miens
Ont efprouué depuis mille fortes de Biens.

REYNE.

L'aduanture eft eftrange, & difficile à croire.

ARISTE'E.

Quels tefmoins auec vous confirment cette Hiftoire:
Quand fut-ce, en quel endroit?

ARCOMEINE.

Aduancez Thiamis,

Il parle à vndes fens. *Rendez-moy le depoft que ie vous ay commis.*
Ce fut prefque où finit la plaine d'Artaxate,
L'An du desbordement du Tygre & de l'Euphrate:
L'enfant portoit au col alors que ie le pris,
Cette medaille d'or de qui l'Art eft le prix.

PHARNACE.

Et quoy! n'auez vous point de meilleur tefmoignage
Pour adioûter la preuue à la foy du langage?

ARCOMEINE,

Non, ie n'ay pas dequoy le prouuer autrement,
Et c'eſt par où le ſort m'afflige doublement.

ARISTEE apres auoir confideré la Medaille d'Or.

O merueille excedant toute creance humaine!
Que vous eſtes trompé venerable Arcomeine!
Ce meſme Or, ce Teſmoin que vous nous produiſez,
D'eſtruit abſolument ce que vous propoſez:
Il dit en Sidonie vne haute naiſſance,
Et fournit de lumiere à ſa reconnoiſſance.

ARCOMEINE.

O diſcours ridicule au iugément de Tous!
De ſorte qu'vn peu d'or ſi commun parmy nous,
Vous prouue ſa Nobleſſe, & la fait reconneſtre?

ARISTEE.

Ouy, Sidonie eſt noble autant qu'on le peut eſtre.

ARCOMEINE.

Sidonie eſt Eſclaue, & l'Eſtat va perir.

SIDONIE,

ARISTEE.

Sidonie est Princesse, & l'Estat va fleurir.

PHARNACE.

Et moy par consequent le plus heureux des Hommes.

ARISTEE.

Et vous le plus trompé de tous tant que nous sommes.

PHARNACE.

Moy trompé!

ARISTEE.

Vous Seigneur.

REYNE.

*   Mais par quelle raison,*
S'il est vray qu'elle est Noble & d'Illustre maison?

ARISTEE.

Donnez-moy, s'il vous plaist, vn moment d'audience,
Et ie vay satisfaire à vostre impatience.
Auant que le feu Roy fust iamais arresté
Dans les chastes liens de vostre Majesté.

La Reyne de Palmire & de Cœlo-sirie
Le cherissoit autant qu'elle en estoit cherie.
Plusieurs ont soupçonné leur intrique discret,
Et peu certainement en ont sceu le secret.
Cette Princesse aymable autant qu'infortunée,
Le receut aux faueurs d'vn secret Hymenée,
Force raisons d'Estat les empeschant tous deux
De mettre encore au iour leurs legitimes feux.
Mais la necessité de deffendre sa terre,
Rappelle ce grand cœur de l'Amour à la Guerre;
Et voyant Hyperie aux termes d'enfanter,
Il me laisse aupres d'elle afin de l'assister,
Auec son Medecin le fameux Clodouée,
Et sa Dame d'Honneur qui l'auoit esleuée;
Elle accouche sans bruit & quasi sans tesmoins,
Tant la bonne fortune accompagna nos soins.
Mais au bout de trois iours les forces luy defaillent,
Les douleurs de la mort de tous costez l'assaillent,
Et preste à rendre l'ame, elle exige de moy
Que ie porte sa fille à son Pere & mon Roy.
Ie prens à cét effet la route d'Armenie;
Ne menant auec moy pour toute compagnie
Qu'vne Nourrice esclaue, & ce triste depost
Qu'vn estrange accident me rauit aussi tost:
Car au point que le iour visiblement decline,
Vne trouppe de gens qui viuent de rapine,

O

Nous charge en mesme instant & de coups & de cris,
Sur le temps & le lieu qu'Arcomene a décrits :
Nous fuyons l'un & l'autre où la peur nous adresse,
Nous pressons nos cheuaux, & le danger nous presse,
La fuitte nous separe, & la nuict arriuant
Me desrobe aux voleurs qui m'alloient poursuiuant ;
Sans que iamais depuis (quelque soin que ie prisse)
On ait pû retrouuer l'Enfant ny la Nourrisse ;
Ie creus que ces brigands du Liban descendus,
Les auoient emmenez, & possible vendus.
Le coup de ce malheur fait souspirer mon Maistre,
Et comme il fut discret autant qu'on le peut estre,
Il m'embrasse, il me loüe, & me commande apres
De tenir cet Hymen & ces malheurs secrets.
Ce que i'ay tousiours fait iusqu'au moment funeste,
Que mon obeïssance eust permis un inceste.

PHARNACE.

Ie pense que tous deux vous auez concerté
De nous faire un Roman assez mal inuenté.
Cette Fable, Aristée, est ridicule & vaine,
Vous croira-t'on plustost qu'on ne croit. Arcomene ?

ARISTEE.

Cette Medaille creuse, & qui s'ouure par Art,
Doit produire un tesmoin sans reproche & sans fard ;

En voicy l'inuincible & naïf tesmoignage :

Il tire de la Medaille deux petits papiers ou velnis
& les presente à la Reyne.

La REYNE lit l'inscription de la Lettre.

La mourante Hiperie au fidelle Astiage.

La Trame de mes iours ne peut aller plus loin,
Ie meurs vostre, & nostre Hymenée
Vous conjure par moy d'assister au besoin
Cette Orpheline infortunée,
Elle est à vous, ayez en soin,
Tant qu'vn iour de vos mains elle soit Couronnée

ARCOMENE.

O Dieux !

ARISTEE.

Voila de plus, La promesse de foy
Escrite de la main & du sang du feu Roy.

REYNE.

Il n'en faut plus douter, c'est sa propre escriture.
Ha ! ne combatons plus les Dieux & la Nature,
Contentons ces Amants, qu'on les fasse venir
Pour les conduire au Temple, & pour les reunir.

SIDONIE,

PHARNACE.

Ie prendray, s'il vous plaist, cette agreable peine.

CEPHISE.

Et moy pareillement.

REYNE.

Il suffit d'Arcomene.

ARCOMENE.

I'y cours.

REYNE.

Ha mon Fils, que les Dieux en cecy
Montrent pour nostre race vn merueilleux soucy,
D'empescher, comme ils font, vne horreur manifeste
Qui vous chargeoit du crime & des malheurs d'Oreste.

PHARNACE.

Les Dieux en soient loüez, eux de qui la bonté
A changé mon destin auec ma volonté.

SCENE DERNIERE.

ARCOMENE. CINAXARE. SIDONIE. ZOPIRE.
CEPHISE. PHARNACE, &c.

ARCOMENE.

Venez sur ma parole, ayez bonne esperance.

ZOPIRE.

Vn si prompt changement a bien peu d'apparence.

REYNE parlant à Sidonie.

Approchez-vous de ma fille.

CEPHISE.

Embrassez-moy ma sœur.

CINAXARE.

Ces noms sont des poignards qui me percent le cœur.

SIDONIE.

Ha le cruel effet d'vne infidelle feinte!

O iij

SIDONIE,

Quoy mon Pere, est-ce ainsi?

REYNE.

Bannissez toute crainte
Cinaxare est à vous, & ie vous donne à luy,

PHARNACE.

Ie ne pretens plus rien au Triomphe d'autruy.
Et l'esprit affranchy d'vne erreur criminelle,
Ie n'ay plus d'autre amour, que l'amour fraternelle.

CINAXARE.

O grace! ô changement que ie n'attendois plus.

REYNE.

Sans consumer le temps en discours superflus,
Ioignons les fleurs d'Amour aux fruits du mariage.
Et le sang de Cræsus au beau sang d'Astyage,
Ce langage est obscur: mais le flambeau d'Amour
Luy donnera bien tost vn agreable iour,
Et vous accomplirez au bien de l'Armenie,
La merueille attachée au sort de SIDONIE.

FIN.

Extrait du Priuilege du Roy.

PAr grace & Priuilege du Roy, donné à Paris le quin-
ziefme iour de Iuillet 1643. figné C O N R A R T. Il eft
permis à Antoine de Sommauille Marchand Libraire à
Paris, d'imprimer, ou faire imprimer vne Piece de Theatre, intitulée, *Sidonie Tragi-comedie, compofée par le Sieur*
Mairet. Et deffences font faites à tous Libraires & Impri-
meurs de l'imprimer, ou faire imprimer, fi ce n'eft ceux qui
auront droit dudit de Sommauille, à peine de cinq cens li-
ures d'amende, ainfi qu'il eft plus au long contenu efdites
Lettres.

Et ledit de Sommauille a affocié au droit de Priuilege
Auguftin Courbé auffi Marchand Libraire à Paris.

Acheué d'imprimer la premiere fois le 30. Septembre 1643.